Vente des Vendredi 22 et Samedi 23 Février 1895

HOTEL DROUOT. — SALLE N° 10.

CATALOGUE

d'une Collection Importante

DE

SUITES DE FIGURES

pour l'illustration des Livres

DESSINS — PORTRAITS

PROVENANT DE LA

Bibliothèque de feu Mᵣ A. RAVANAT.

(de Grenoble).

PARIS

A. DUREL, LIBRAIRE

21, RUE DE L'ANCIENNE-COMÉDIE, 21

9 ET 11, PASSAGE DU COMMERCE, 9 ET 11

1895

L'ENLUMINEUR

Journal d'Art pratique et Guide de l'Amateur
de la Peinture et du Dessin.

TRAITANT SPÉCIALEMENT DE L'ENLUMINURE, DE LA GOUACHE, DE L'AQUARELLE ET DU FUSAIN

Et comprenant les principaux éléments du Pastel,
de la Peinture sur Porcelaine, sur Verre, etc.

PARAISSANT LE 1er DE CHAQUE MOIS

Directeur, Rédacteur en Chef :

Alphonse LABITTE

Collaborateurs : MM. Karl Robert, Paul Merwart, Robida, Henri Chartier, George Serrier, G. Bernier, E. Chataigné de Dijon, H. Lecat, L. de la Tremblaye, etc.

Administration : 5, rue de Javel, Paris-Grenelle.

PRIX DE L'ABONNEMENT :

France et Etranger : un an, 20 fr. ; six mois, 12 fr.

Chaque numéro contient de nombreux modèles et des planches hors texte, prêtes à être mises en couleurs.

Ce journal dont le cadre, depuis sa fondation, s'est considérablement agrandi, répond à un désiderata, à un besoin réel, et comble une lacune importante : l'art pratique dans la famille.

Les amateurs — et ils sont nombreux — qui s'occupent d'aquarelle, d'enluminure, de peinture sur porcelaine et sur étoffe, etc., trouveront dans l'*Enlumineur* des modèles de tous genres : éventails, écrans, menus, miniatures, missels, etc., etc., de style ou de fantaisie qu'ils seront à même de peindre ou de copier suivant les indications données dans le texte.

L'*Enlumineur* est une utile et jolie publication que nous recommandons à nos lecteurs et lectrices, et à toutes les personnes qui manient le crayon ou le pinceau.

CATALOGUE

d'une Collection Importante

DE

SUITES DE FIGURES

pour l'illustration des Livres

DESSINS — PORTRAITS

PROVENANT DE LA

Bibliothèque de feu Mr A. RAVANAT.

(de Grenoble)

LA VENTE AURA LIEU

Les Vendredi 22 et Samedi 23 Février 1895

A deux heures précises de l'après-midi

HOTEL DES COMMISSAIRES-PRISEURS, 9, RUE DROUOT

Salle n° 10, au premier

Par le Ministère de M° Maurice DELESTRE ✳, Commissaire-Priseur,

27, Rue Drouot,

Assisté de M. A. DUREL, Libraire, chargé de la vente

21, rue de l'Ancienne-Comédie, 9 et 11, passage du Commerce.

CONDITIONS DE LA VENTE

La vente se fait au comptant.

Les acquéreurs payeront 5 p. 100 en sus des enchères, applicables aux frais.

Le nombre des figures annoncée est seul garanti.

M. A. DUREL se réserve la faculté de réunir ou diviser les lots.

Les livres devront être collationnés sur place dans les vingt-quatre heures de l'adjudication. Passé ce délai, ou une fois sortis de la salle de vente, ils ne seront repris pour aucune cause.

M. A. DUREL, chargé de la vente, remplira les Commissions des personnes qui ne pourraient y assister.

CATALOGUE

d'une Collection Importante

DE

SUITES DE FIGURES

pour l'illustration des Livres

DESSINS — PORTRAITS

PROVENANT DE LA

Bibliothèque de feu Mr A. RAVANAT.

(de Grenoble).

PARIS

A. DUREL, LIBRAIRE

24, RUE DE L'ANCIENNE-COMÉDIE, 24

9 ET 11, PASSAGE DU COMMERCE, 9 ET 11

1895

ORDRE DES VACATIONS

PREMIÈRE VACATION
Vendredi 22 Février 1895

Numéros . . . . 1 à 300

DEUXIÈME VACATION
Samedi 23 Février 1895

Numéros. . . . . 301 à 432

CATALOGUE

d'une Collection Importante

DE

SUITES DE FIGURES

pour l'illustration des Livres

DESSINS — PORTRAITS

PROVENANT DE LA

Bibliothèque de feu Mr A. RAVANAT.

(de Grenoble)

1. **Apulée**. La Luciade ou l'Ane d'or. Suite complète de 1 frontispice et 7 figures in-12, non signées.

   Epreuves sur blanc avant la lettre, en feuilles.

2. **Arioste**. Roland furieux. Suite de 49 figures in-8, de Cochin, Monnet et Moreau.

   Epreuves avant la lettre, en feuilles, marges in-8.

3. **Barbey d'Aurevilly** (J.). Le Chevalier des Touches. Suite de 5 eaux-fortes, dess. et grav. par F. Buhot. *Paris, Lemerre.*

   Epreuves sur Japon avec marges symphoniques, en feuilles, in-4.

4. **Barbey d'Aurevilly** (J.). Le Chevalier Des Touches. Suite de 6 eaux-fortes dess. et grav. par F. Buhot. *Paris, Lemerre*, 1879, in-12, en feuilles dans un carton.

5. **Barbey d'Aurevilly**. L'Ensorcelée. Suite de 7 eaux-fortes composées et gravées par F. Buhot. *Paris, Lemerre.*

   Epreuves sur Hollande avant la lettre, en feuilles, marges in-4.

6. **Barbey d'Aurevilly** (J.). L'Ensorcelée. Suite de 7 eaux-fortes, dess. et grav. par F. Buhot. *Paris, Lemerre*, 1879, in-12, en feuilles dans un carton.

7. **Barbey d'Aurevilly** (J.). Vieille Maîtresse. Suite complète de 1 portrait et 10 eaux-fortes, dess. et grav. par F. Buhot. *Paris, Lemerre.*

Épreuves sur Japon, avec marges symphoniques, en feuilles, in 4.

8. **Barbey d'Aurevilly** (J.). La Vieille Maitresse. Suite de 11 eaux-fortes, dess. et grav. par F. Buhot. *Paris, Lemerre*, 1880, in-12, en feuilles dans un carton.

9. **Beaumarchais**. Œuvres. 1 Suite de portrait et 4 figures in-8 de T. Johannot, pub. par Furne.

Épreuves sur Chine avec la lettre, en feuilles, marges in-4,

10. **Beaumarchais**. La Folle Journée ou le Mariage de Figaro. Suite complète de 5 figures de Saint Quentin, gravées par Halbou, Liénard et Lingée. Edition de 1785, in-8, en feuilles.

11. **Beaumarchais.** La Folle Journée ou le Mariage de Figaro. Suite complète de 5 figures de Saint-Quentin, gravées par Malapeau et Roi, gr. in-8, en feuilles, à toutes marges.

12. **Beaumarchais.** La Folle Journée. Suite complète de 1 portrait et 5 fig. in-8 dess. et grav. à l'eau-forte, par Baugnies. *Paris, Morgand et Fatout*, 1879.

Épreuves d'artiste sur Japon avant la lettre, en feuilles, in-4.

13. **Béranger.** Suite de 120 gravures sur bois, avec la lettre blanche ombrée (seul état) d'après Grandville et Raffet, pub. dans l'édition Fournier, 1836, in-8, en feuilles.

Épreuves tirées sur papier de Chine volant.

14. **Béranger.** Dernières chansons et ma Biographie. Suite complète de 24 figures gr. in-8 de Lemud et autres, pour l'édition Perrotin.

Épreuves avant la lettre sur papier de Chine en feuilles Le portrait en pied est avec la lettre

15. — *La même suite*, (moins le portrait en pied) épreuves sur Chine avant la lettre, en feuilles.

16. Béranger. Suite de 24 figures et portraits d'après Lemud et autres, pour les Œuvres posthumes, les Dernières Chansons et la Biographie. Edition Perrotin.

> Epreuves avant la lettre sur papier de Chine, in-4, en feuilles.
> Premier tirage, très rare

17. Béranger. Deux portraits avec scènes autour et 24 figures en travers. Lithographies coloriées de Henry Monnier, pour les *Dernières Chansons. A Paris, chez Fabré,* in-8, en feuilles.

18. Béranger. Chansons galantes. Suite complète de 15 figures d'Henri Monnier, lithographiées à la plume sur pierre et coloriées au pinceau, in-8 en feuilles.

> Suite complémentaire de celle des 30, curieuse et rare.

19. Béranger. Ma Biographie. Suite de 1 portrait photographié et 8 figures d'après Daubigny, Sandoz et Wattier, pub. par Perrotin.

> Epreuves sur Chine avant la lettre, en feuilles gr. in-8.

20. Béranger. Suite complète de 8 figures libres d'après Tony Johannot, gr. in-8 en feuilles à toutes marges.

> Suite complémentaire. Epreuves tirées sur Chine volant.

21. Béranger. Suite complète de 8 figures libres, d'après Tony Johannot, gr. in-8 en feuilles à toutes marges.

> Suite complémentaire.

22. Berchoux. Suite de 4 figures in-8 de Desenne et Devéria, pour illustrer la Gastronomie.

> Belles épreuves avant la lettre sur Chine, en feuilles à toutes marges.

23. Bernis. Œuvres. Suite de 1 portrait médaillon, gravé par Le Mire d'après Callet et 5 figures in-12 gravées à la manière noire.

> Epreuves avant la lettre, en feuilles in-8.

24. Berquin. Pygmalion. Suite complète de 6 figures in-8 d'Eisen, grav. par de Ghendt.

> Epreuves d'ancien tirage, en feuilles, petites marges.

25. **Bertin.** Œuvres. Suite de 1 figure in-8 gravée par Blanchard d'après Desenne. Edition Roux-Dufort, 1824.

> Epreuves en 3 états, *avec* et *avant la lettre*, et *eau-forte* (cette dernière tirée sur Chine).

26. **Bible** (la Sainte). Collection complète de 5 gravures pour les Saints Evangiles d'après Albrier, gravées par Lignon et Bein, 1820, en feuilles marges in-4.

> Epreuves en deux états, 4 figures (sur 5) tirées sur Chine avant la lettre, et épreuves à l'état d'eaux-fortes, gravées par Queverdo.

27. **Bible** (la Sainte). Suite complète de 64 figures in-8 de Devéria, pub. par Lefèvre 1828-1832.

> Epreuves à l'état d'eaux-fortes sur blanc, en feuilles à toutes marges. Il manque *Agar dans le désert.* Une eau-forte qui n'a jamais été terminée (*Les Filles de Sion*) s'y trouve dans son plus bel état.

28. **Bible** (la Sainte). Suite de 50 figures dessinées par Devéria, gravées par Burdet, Fauchery, Konig, Mauduit, Blanchard, etc. *Paris, Lefèvre*, 1828-1832.

> Magnifiques et très-rares épreuves de graveur (*eaux-fortes pures*), sur blanc à toutes marges ; une des eaux-fortes n'a jamais été terminée.

29. **Bible** (la Sainte). Suite de 38 figures in-8, pour l'édition Furne.

> Epreuves sur Chine avec la lettre. en feuilles, marges in-fol.

30. **Bible** (la Sainte). Suite de 29 figures in-8 et 1 carte pour l'édition Furne, en feuilles (*Taches de rousseur*).

> Epreuves sur blanc avant la lettre, marges in-fol.

31. **Boccace.** Le Décameron. Suite de 1 frontispice et 110 figures in-18 de Gravelot, Boucher, Cochin et Eisen, gravées par Vidal, pour illustrer les Contes, 1777, remargées à plat, en feuilles, format gr. in-8.

32. **Boccace.** Contes. Suite complète de 1 portrait et 10 figures dessinées et gravées à l'eau-forte par Flameng, pub. par Jouaust, in-16 tirées in-8, en feuilles. •

> Epreuves tirées sur papier de Chine volant avant la lettre. On y a joint la figure à part pour le *Calendrier des Vieillards*, également sur Chine volant avant la lettre.

33. **Boileau-Despréaux**. Œuvres. Suite complète de 20 figures d'après les dessins de Em. Bayard, pub. par Laplace, gr. in-8, en feuilles.

Epreuves en 2 états, en noir et en couleurs.

34. **Boileau**. Œuvres. Suite de 16 figures in-8, dont 3 titres d'après Clerget, Brevière, Johannot, Devéria, etc., pub. par Desmalis.

Epreuves coloriées sur blanc avant la lettre.

35. **Boileau**. Œuvres. Suite de 9 figures (sur 10, in-8, d'après Carl et Horace Vernet, Roehn, Bergeret et autres. Edition de Blaise.

Epreuves à l'état d'eaux-fortes (Les portraits de Boileau et de J. Racine sont en épreuves avant la lettre ; il manque la figure pour le Traité du Sublime Le portrait de Louis XIV est en deux états avant la lettre et eau-forte.

36. **Boileau**. Œuvres. Suite complète de 1 portrait par Manceau et 7 figures in-18 de Choquet. Edition de la Bibliothèque française.

Epreuves avant la lettre en feuilles à toutes marges.

37. **Boileau**. Œuvres. Suite de 1 portrait par Manceau et 7 figures in-18 de Choquet. Edition de la Bibliothèque française.

Epreuves sur blanc avant la lettre, avec les noms à la pointe, en feuilles, marges in-8.

38. **Boileau**. Œuvres. Suite complète de 1 portrait gravé par Ethiou et 6 figures de Desenne, grav. par Burdet, Chollet, Pelée, etc.

Epreuves avant la lettre, en feuilles.

39. **Boileau-Despréaux**. Suite de 1 portrait par Ethiou d'après Devéria et 6 figures in-8 de Desenne, pour le Lutrin, pub. par Furne, en feuilles.

Ancien tirage sur Chine avec la lettre.

40. **Boileau**. Œuvres. Suite complète de 1 portrait et 6 figures in-8 de Desenne, pub. par Furne, 1827.

Epreuves sur Chine avant la lettre, en feuilles, dans la couverture de publication.

41. **Boileau**. Œuvres. Suite complète de 1 portrait et 6 figures in-8 de Staal, pub. par Garnier.

Épreuves sur Chine avant la lettre, en feuilles, marges in-4.

42. **Boileau**. Œuvres. Suite de 1 portrait par Saint-Aubin et 6 figures in-8 de Moreau le jeune, grav. par Delvaux, de Ghendt et Simonet, pub. par Renouard.

Épreuves avant la lettre, en feuilles marges in-8 (Le portrait est avec la lettre).

43. **Boileau**. Le Lutrin. Suite de 1 portrait gravé par Hopwood, et 6 figures in-8 d'après Moreau le jeune. Édition Furne.

Tirage ancien, en feuilles, marges in-8.

44. **Bossuet**. Suite complète de 1 portrait et 6 figures tête de page, dess. et grav. à l'eau-forte par V. Foulquier, pub. par Mame, gr. in-8, en feuilles.

Épreuves sur Chine volant avant la lettre.

45. **Bossuet**. Suite de 12 sujets et 25 portraits in-8, d'après Desenne et autres, pour les *Oraisons funèbres*. Édition Janet.

Épreuves avec la lettre, en feuilles, marges in-8.

46. **Brillat-Savarin**. Physiologie du goût. Suite de 1 portrait et 7 figures in-8 de Bertall. Édition Furne.

Épreuves sur Chine avec la lettre, en feuilles gr. in-8.

47. **Byron** (Lord). Œuvres. Suite de 1 portrait gravé par Armstrong d'après Phillips et 21 figures in-8 d'après Westall, *published by John Murray*, 1819.

Belles épreuves sur Chine avec la lettre grise, en feuilles marges gr. in-4 On y a joint 12 eaux-fortes sur blanc, format gr. in-8.

48. **Byron** (Lord). Œuvres. Suite de 12 figures et portraits in-8 d'après A. et T. Johannot, pub. par Furne.

Belles épreuves sur Chine avant la lettre, en feuilles in-4 On y a joint 1 portrait de Byron, pub. par Pourrat.

49. Byron (Les Femmes de Lord). Suite de 40 portraits in-8, gravés par Clisse, Corbaux, Lewis, Stone, Wood et autres, en feuilles marges gr. in-8 (*Mouillures et 2 pl. rongées sur la marge du bord*).

50. Caylus. Contes. Suite de 6 eaux-fortes de Henriot d'après les compositions de Dubouchet. *Paris, Quantin*, 1881, in-8, en feuilles dans un carton.

Epreuves en deux états, en noir avec la lettre et en sanguine avant la lettre. Epreuves sur Japon.

51. Cazotte. Contes. Suite complète de 1 frontispice et 5 figures in-8, dess. et grav. à l'eau-forte par Géry-Bichard, pub. par Quantin, 1882.

Epreuves en 3 états avant toute lettre sur Japon blanc.en noir, *bistre* et *sanguine*, en feuilles format gr. in-4, dans un carton.

52. Cazotte. Le Diable amoureux. Suite complète de 6 figures et une feuille de musique in-8.

Curieuse suite à toutes marges, de premier tirage : cette suite est attribuée à Moreau.

53. Cent Nouvelles nouvelles. Suite de 10 figures in-8, dess. et grav. à l'eau-forte par Lalauze d'après Garnier, pour l'édition Jouaust.

Epreuves d'artiste signées et tous les états des planches en feuilles sur papier pâte fort. Ensemble 31 pièces.

54. Cent Nouvelles nouvelles. Suite complète de 10 dessins d'après J. Garnier, gravés à l'eau-forte par Lalauze, pub. par Jouaust, in-16, en feuilles.

Epreuves sur papier de Chine volant avant la lettre.

55. Cent Nouvelles nouvelles. Suite complète de 10 dessins d'après J. Garnier, gravés à l'eau-forte par Lalauze, pub. par Jouaust, in-16 tirés in-8, sur papier de Hollande avec lettre, en feuilles.

55 bis. — *La même suite* in-16 sur papier de Hollande avec lettré.

56. **Cervantès**. Don Quichotte. Suite de 31 figures in-4
d'après Boucher, Cochin, Coypel. etc., 1746, en feuilles,
marges gr. in-4.

57. **Cervantès**. Suite de 24 eaux-fortes dess. et grav. par
R. de Los Rios, pour illustrer Don Quichotte. Don Guz-
man d'Alfarache de Lesage et Lazarille, de Tormès. *Paris*,
Rouquette, 1880.

Epreuves avant la lettre sur grand Japon. Tirées à 80 exemplaires
numérotés (n° 11).

58. **Cervantès**. Don Quichotte. Suite de 12 figures in-8 de
H. Vernet et E. Lami. Edition Méquignon-Marvis, 1822.

Epreuves sur blanc avant la lettre, en feuilles à toutes marges.

59. **Cervantès**. Don Quichotte. Suite complète de 12 figures
in-18, à claire voie, dont 4 titres gravés et 8 eaux-fortes
d'après Devéria, pour l'édition de Desver.

Epreuves sur blanc et sur Chine avant la lettre.

60. **Cervantès**. Don Quichotte. Suite de 1 portrait et 11
figures in-8 de H. Vernet et E. Lami. Edition de Méquignon-Marvis.

Epreuves à l'état d'eaux-fortes, en feuilles. gr. in-8 (Manque la mort de
Don Quichotte).

61. **Cervantès**. Don Quichotte. Suite complète de 1 portrait
et 10 figures in-18 à claire-voie d'après les dessins de
Charlet.

Epreuves sur blanc avant la lettre, en feuilles à toutes marges On y a
joint 4 épreuves à l'état d'eaux-fortes.

62. — *La même suite*, épreuves sur blanc avant la lettre, en
feuilles à toutes marges. Le portrait est sur Chine et
remargé.

63. **Cervantès**. Suite complète de 6 figures in-8 de Desenne
pour illustrer *Persilès et Sigismonde*. Edition Méquignon-
Marvis, 1822.

Epreuves en 4 états avec et avant la lettre sur blanc, avant la lettre sur
Chine et eaux-fortes, en feuilles.

64. **Cervantes**. Don Quichotte. Suite de 4 figures in-8 de Devéria. Edition Delonchamps, 1825.

Epreuves sur Chine avant la lettre moins une qui est sur blanc, également avant la lettre), en feuilles gr in-8. On y a joint une eau-forte.

65. **Chateaubriand**. Œuvres. Suite de 80 figures, portraits, vues et cartes, d'après les dessins de H. Vernet, P. Delaroche, T. Johannot, J. David, Raffet, etc., pour l'édition de Pourrat, 1836, gr. in-8, en feuilles.

Epreuves lavées et encollées.

66. **Chateaubriand**. Œuvres. Suite de 1 portrait et 28 figures in-8 de Alfred et Tony Johannot. Edition Furne.

Epreuves sur Chine avec la lettre, marges gr. in-8.

67. **Chateaubriand**. Œuvres. Suite de 24 figures et vues par Alfred et Tony Johannot, pub. par Furne, gr. in-8, en feuilles, marges in-4.

Epreuves tirées sur papier de Chine. On y a ajouté le portrait de l'auteur, gravé par Langier d'après Girodet-Trioson, in-4 (il faut 25 figures d'après Sicurin)

68. **Chateaubriand**. Œuvres. Suite complète de 24 figures et vues in-8, d'après les dessins de MM. Alfred et Tony Johannot. Edition Furne, 1833.

Epreuves à l'état d'eaux-fortes, in-4, en feuilles. *Très-rare* — (*Sicurin* annonce 25 fig.)

69. **Chateaubriand**. Œuvres. Suite de 1 portrait, et 19 figures et vues d'Alfred et Tony Johannot. Edition Furne, en feuilles, marges gr. in-8.

70. **Chateaubriand**. Atala et René. Suite de 4 figures in-12 de Garnier, grav. par Choffard. Edition Lenormand, 1805.

Epreuves avant la lettre, en feuilles. Plus quelques figures doubles, avant et avec la lettre. Ens. 10 pièces.

71. **Chateaubriand**. Atala. Suite complète de 4 figures in-8 gravées par Burdet, d'après les dessins d'Alaux, pub. par Lefèvre, 1830.

Epreuves sur papier de Chine avant la lettre, en feuilles, marges gr. in-8.

72, **Chevigné** (de). Contes rémois. Suite complète de 7 dessins de J. Worms, grav. à l'eau-forte par Rajon, pub. par Jouaust, in-16 tirés in-8, en feuilles dans un carton.

> Epreuves sur Hollande avant la lettre.

73. **Choderlos de Laclos**. Les Liaisons dangereuses. Une figure de Monnet, gravée par Hubert, l'an IV, et destinée à la 44e lettre. 1796, in-8, en feuille.

> Epreuve à l'état d'eau-forte. *Très rare*. Cette planche a été terminée par Godefroy.

74. **Colardeau**. Le Temple de Gnide. Suite de 7 figures in-8 de Monnet. Edition Lejay, 1773.

> Epreuves avec la lettre. La figure du chant III est remargée.

75. **Cooper**. Suite complète de 27 fleurons de titres, dessinés et gravés par les frères Johannot pour illustrer les Œuvres pour l'édition Furne.

> Très belles épreuves, avant la lettre sur Chine, en feuilles.

76. **Cormenin**. Livre des Orateurs. Suite de 27 portraits gr. in-8, gravés sur acier, publ. par Pagnerre.

> Epreuves tirées sur papier de Chine avant la lettre, en feuilles
> Le portrait de Daniel O'connell est avec la lettre.

77. **Corneille** (P.). Œuvres. Suite de 1 portrait et 24 figures in-8 d'après Moreau pub. par Furne.

> Epreuves sur Chine avant la lettre, en feuilles, marges in-4.

78. **Corneille** (P.). Œuvres. Suite de 1 portrait et 11 figures in-8, de Bayalos, pub. par Furne, en feuilles.

> Epreuves avec la lettre, ancien tirage.

79. **Corneille** (P.). Théâtre. Suite complète de 1 frontispice par Pierre, gravé par Watelet, et 34 figures in-8 de Gravelot, 1764.

> Epreuves de 1er état avant la bordure, en feuilles, montées de format in-4.

80. **Corneille**. Suite complète de 2 portraits et 15 figures in-18 de Deveria, pour les Chefs d'œuvre de P. et de Th. Corneille. Edition de la Bibliothèque française.

> Epreuves avant la lettre, en feuilles.

81. **Crébillon** (J. de). Œuvres. Suite complète de 1 portrait
et 9 figures in-18 de Monnet, grav. par Delignon, en
feuilles.

Epreuves avant la lettre à toutes marges.

82. **Crébillon** (J. de). Œuvres. Suite de 1 portrait-frontispice et 9 figures de Peyron et 2 fig. en double dont 1 eau-
forte, marges gr. in-8, en feuilles.

Epreuves avant la lettre.

83. **Crébillon** (J. de). Suite complète de 1 portrait-frontispice et 9 figures de Peyron, épreuves avec la lettre, in-8,
en feuilles.

84. **Crébillon** (J. de). Œuvres. Suite complète de 1 portrait
gravé par Saint-Aubin, et 9 figures de Moreau le jeune,
pub. par Renouard, marges gr. in-8 en feuilles.

Epreuves des figures avant la lettre.

85. **Crébillon** (J. de). Œuvres. Suite complète de 1 portrait
gravé par Ficquet, et 9 figures de Moreau le jeune, grav.
par Bosq, Ribault et Simonnet, pub. par Renouard, marges in-8.

Epreuves des figures avant la lettre.

86. **Crébillon** (J. de). Œuvres. Suite complète de 1 portrait
gravé par A. de Saint-Aubin, et 9 figures de Moreau le
jeune, pub. par Renouard, marges in-8, en feuilles, épreuves avec la lettre.

87. **Crébillon** (J. de). Œuvres. Suite de 1 portrait et 9 figures de Devéria, pub. dans la Bibliothèque française, in-18,
tiré gr. in-8, en feuilles.

Epreuves avant la lettre.

88. **Crébillon** (J. de). 5 figures in-8 de Marillier, épreuves
avant la lettre, remargées gr. in-8.

89. **Crébillon.** Œuvres. Suite complète de 1 portrait gravé
par Hopwood d'après Devéria, et 6 figures in-8 de Devéria.

Epreuves en 2 états, avant la lettre et eaux-fortes sur Chine, en feuilles
à toutes marges.

90. **Crébillon** (le Portrait de J.-P.), gravé par L. Petit d'après Peyron.

> Epreuves en 3 états, eau-forte, avant la lettre, et épreuve sur peau de vélin.

91. **Daudet** (A.). Lettres de mon Moulin. Suite de 5 eaux-fortes, dess. et grav. par F. Buhot. *Paris, Lemerre.*

> Epreuves sur Japon, avec marges symphoniques, en feuilles, in-4.

92. **Delavigne.** Œuvres. Suite de 1 portrait et 12 figures d'après Johannot, pub. par Furne, gr. in-8, en feuilles (*Taches de rousseur.*)

93. **Delavigne.** Œuvres. Suite de 1 portrait et 11 figures (sur 12) in-8 de A. Johannot. Edition Furne, gr. in-8, en feuilles.

> Ancien tirage.

94. **Delavigne** (C.). Œuvres. Suite de 9 figures in-8 de Johannot pour l'édition Furne.

> Epreuves sur Chine avant la lettre (moins une qui est sur blanc avant la lettre), en feuilles in-4.

95. **Delille.** Suite de 1 portrait gravé par Petrelle d'après Danlou, et 17 figures in-8, d'après Moreau, Desenne, Devéria, Gérard, Girodet, Westall, etc., et de 16 fleurons de titres (sur Chine volant), dessinés par Desenne, et gravés sur bois par Thompson, pour illustrer les Œuvres, édition Michaud, 1824.

> Belles épreuves avant la lettre sur papier de Chine, en feuilles in-4 (Sieurin annonce 18 fig.)

96. **Delille** (J.). Œuvres. Suite de 1 portrait gr. par Potrelle d'après Danlou et 17 figures in-8 d'après Moreau, Desenne, Devéria, Gérard et Girodet, plus 16 fleurons de titres gravés sur bois par Thompson d'après Desenne (Tirage à part sur papier de Chine volant). Edition Michaud, 1824.

> Epreuves sur Chine avant la lettre, en feuilles, marges in-4.

97. **Delille.** Œuvres. Suite de 13 figures in-8, d'après les

dessins de MM. Johannot (dont 3 portraits : Virgile, Milton
et Delille), pub. par Furne, 1833.

Ancien tirage, en feuilles à toutes marges.

98 **Delille** (J.). Œuvres. Suite complète de 13 figures in-8,
d'Alf. et T. Johannot (dont 3 portraits : Virgile, Milton,
Delille), pub. par Furne.

Épreuves tirées sur Chine avant la lettre, en feuilles, marges in-4 (Le
portrait de Milton est sur blanc et 1 fig. est de format in-8).

99. **Delvau** (Portrait de), gravé à l'eau-forte par Le Rat.

Épreuve terminée sur Hollande avant la lettre, nom du graveur à la
pointe, en feuilles, marges in-4.

100. **Demoustier.** Lettres à Émilie sur la mythologie. Suite
de 1 portrait, gravé par Tardieu, et 36 figures in-8, d'après
Moreau le jeune, pub. par Renouard.

Épreuves tirées sur Chine avec la lettre (Tirage de Furne), en feuilles,
marges in-4.

101. **Demoustier.** Lettres à Émilie sur la mythologie. Suite
complète de 18 figures in-12, de Desenne, pour la bibliothèque française.

Épreuves avant la lettre, avec les noms à la pointe, en feuilles, marges
gr. in-8. On y a joint 1 joli portrait pet.in-8, de Demoustier, gravé par
Tardieu d'après Pajou fils.

102. **Deshoulières** (Mme). Suite de 1 figures in-12, gravées
par Bouquet d'après Catel, pour illustrer *les Lettres*.

Épreuves avant la lettre, en feuilles à toutes marges

103. **Deshoulières** (Mme). Œuvres. Suite de 1 portrait par
Rochard et 3 figures in-18 de Marillier, grav. par Dambrun, de Ghendt et Ponce.

Épreuves avant la lettre, en feuilles à toutes marges.

104. **Destouches.** Œuvres. Suite complète de 1 portrait et
10 figures in-12 de Duvivier, pub. dans la Bibliothèque
française.

Épreuves à l'eau-forte, en feuilles.

105. — *La même suite*, 10 figures in-12, épreuves avant
toute lettre (dont 4 tirées sur Chine), en feuilles.

106. — *La même suite*, 1 portrait et 10 figures in-12, épreuves
avant la lettre, en feuilles.

107. **Destouches**. Œuvres. Suite de 1 portrait et 9 figures
in-8, grav. par Duval d'après Fragonard fils.

> Épreuves à l'état d'eaux-fortes, en feuilles, marges in-4. (*Sieurin.*
> annonce 11 *fig.*)

108. **Diderot**. La Religieuse. Suite complète de 1 portrait
gravé par Dupréel d'après Aubry, et 4 figures de Lebarbier, gr. in-8, en feuilles.

> Très belles épreuves avant la lettre.

109. — *La même collection*, également avant la lettre, in-8,
en feuilles.

110. — *La même collection*, épreuves avec la lettre, in-8, en
feuilles.

111. **Dorat**. Fables. Frontispice représentant la Fable et la
Vérité, gravé par Delaunay, d'après Marillier, superbe
épreuve, grandes marges, haut. 225 mill. (*Rare*).

112. **Ducis**. Œuvres. Suite complète de 1 portrait et 13
figures in-12, d'après Gérard, Girodet et Desenne.

> Épreuves avant la lettre, en feuilles, marges in-8.
> Une pièce est en double état avec des différences dans la composition.

113. **Duclos**. Acajou et Zirphile. Suite de 1 portrait gr. par
Delvaux d'après Cochin; 1 frontispice et 9 figures in-12,
d'après Boucher (tirées sur Chine) et 2 culs-de-lampe
d'après Cochin, en feuilles, format in-8. (La 9ᵉ figure est
sur blanc).

114. **Duclos**. Contes. Suite complète de 1 frontispice et 5 figures in-8, dess. et grav. à l'eau-forte par R. de Los-Rios,
pub. par Quantin, 1882.

> Épreuves en 3 états avant toute lettre sur Japon blanc, en *noir*, *bistre*
> et *sanguine*, en feuilles, form. gr. in-4, dans un carton.

115. **Dumas** fils (A.) La Dame aux Camélias. Suite de 12
figures par A. de Neuville, grav. sur bois par Linton.

> Épreuves sur papier de Chine avant la lettre, en feuilles, marges gr.
> in-4, dans un carton.

116. Dupaty. Lettres sur l'Italie. Suite de 8 figures in-18 de Duvivier, pub. dans la Bibliothèque française.

Epreuves avant la lettre, en feuilles, format gr. in-8.

117. Erasme. L'Eloge de la Folie. Suite de 83 figures gravées sur bois d'après les dessins d'Holbein, pub. par Jouaust.

Epreuves en tirage hors texte, sur papier de Chine volant.

118. Erasme. Figures de l'Eloge de la Folie, dessinées à la plume par Jean Holbein sur les marges d'un exemplaire de cet ouvrage qui se trouve à la Bibliothèque publique à Basle. Soigneusement calquées sur l'original et gravées en bois pour une édition imprimée à Basle en 1780. *Réunies en collection et publiées à Basle par Guillaume Haas,* 1829, gr. in-4, de pl., cart.

119. Evangiles. Suite complète de 4 figures in-8 (les 4 Evangélistes) gravées par Lignon et Bein, d'après les dessins d'Albrier.

Belles épreuves en 2 états, eaux-fortes par Queverdo, et sur Chine avant la lettre (3, la 4e sur blanc avant lettre (3 pièces doubles), en feuilles gr. in-8.

120. Fénelon. Aventures de Télémaque. Suite de 1 frontispice, 1 portrait et 24 figures in-12 dess. et grav. par J. A. Fridrich, 1730.

Epreuves avec la lettre, en feuilles montées format in-8.

121. Fénélon. Aventures de Télémaque. Suite de 1 frontispice par B. Picart, gravé par Folkéma, 1 portrait gravé par Drevet, d'après Vivien, et 24 figures par Debrie, Dubourg et Picart, gravées par Bernaerts, Folkéma, V. Gunst et Surugue, pour l'édition d'Amsterdam, 1734, in-4, en feuilles, derel.

122. Fénélon. Aventures de Télémaque. Suite complète de 1 portrait gravé par Hubert d'après Vivien et 24 figures in-8, de Marillier. Edition Didot, 1790.

Epreuves avant la lettre en feuilles gr. in-8.

123. Fénélon. Aventures de Télémaque. Suite complète de 24 figures de Marillier avec la lettre, gr. in-8, en feuilles à toutes marges.

124. Fénélon. Les Aventures de Télémaque. Suite complète de 1 portrait par Vivien, gravé par Hubert et 24 figures par Marillier, gravées par Baquoy, Dambrun, Dupréel, Delvaux, de Ghendt, Langlois jeune, Masquelier, Patas, Pauquet et Ponce. *Paris, impr. de Crapelet an IV* (1796), gr. in-8, en feuilles à toutes marges.

> Epreuves avant la lettre.
> Le portrait est de format in-8.
> Quelques mouillures.

125. Fénélon. Les Aventures de Télémaque. Suite complète de 1 portrait gravé par Delvaux d'après Vivien et 24 figures de Quéverdo, grav. par Dambrun, Delignon, de Launay, Gaucher et Villerey. *Paris, Bleuet*, 1796, in-18, en feuilles remargées de format gr. in-8.

> Epreuves des figures avant la lettre, et le portrait avec la lettre à toutes marges.

126. Fénélon. Aventures de Télémaque. Suite complète de 1 portrait d'après Vivien, gravé par Gaucher, et 24 figures de Quéverdo. Edition Bleuet, 1796, in-18, derel. en feuilles

127. Fénélon. Aventures de Télémaque. Suite complète de 1 portrait, frontispice et 24 figures gravées par Tardieu.

> Epreuves avec la lettre, en feuilles montées format in-8.

128. Fénélon. Aventures de Télémaque. Suite de 25 figures in-8 de Moreau le jeune (dont 1 pour Aristonoüs, pub. par Renouard.

> Belles épreuves à l'état d'*eaux-fortes* sur Chine montées sur vélin, in-4.
> (*Manque le portrait.*)

129. Fénélon. Aventures de Télémaque. Suite de 24 figures in-8 de Moreau le jeune, pub. par Renouard.

> Epreuves avec la lettre, en feuilles, marges in-8.

130. **Fénélon.** Les Aventures de Télémaque. Suite de 25 figures de Moreau le jeune, pub. par Renouard, gr. in-8, en feuilles à toutes marges. (*La figure pour Aristonoüs, est de format in-8.*)

131. **Fénélon.** Aventures de Télémaque. Suite complète de 1 portrait gravé par Delvaux d'après Vivien, et 25 figures in-8 de Moreau le jeune, pub. par Renouard.

Épreuves avant la lettre, en feuilles, marges irrégulières.

132. **Fénélon.** Aventures de Télémaque. Suite de 24 figures de Monnet et 1 portrait-médaillon historié de Fénélon, tiré sur Chine gr. in-8 en feuilles, *figures remontées.*

133. **Fénélon.** Les Aventures de Télémaque. Suite complète de 1 portrait par Delvaux d'après Vivien et 24 figures de Lefèbvre, gravées par Delvaux, Godefroy, Simonet, Thomas et Trière, in-18, en feuilles, marges gr. in-8.

Épreuves avant la lettre.

134. **Fénélon.** Aventures de Télémaque. Suite complète de 1 portrait gr. par Delvaux, et 24 figures in-18, d'après Lefèbvre.

Épreuves sur blanc avant la lettre, en feuilles, marges in-8.

135. — La même suite, 24 fig. in-18, épreuves sur blanc avec la lettre, en feuilles, marges in-8.

136. **Fénélon.** Aventures de Télémaque. Suite complète de 24 figures in-8 gravées par Manceau.

Épreuves avec la lettre, en feuilles, à toutes marges.

137. **Fénélon.** Aventures de Télémaque. Suite complète de 1 portrait et 8 figures, in-18 de Devéria, pub. dans la Bibliothèque française, en feuilles, marges in-8.

Épreuves en 2 états avant la lettre avec les noms à la pointe, et eaux-fortes.

138. **Fénélon.** Aventures de Télémaque. Suite complète de 1 portrait gravé par Bertonnier, et 7 figures in-18 de De-

véria, pub. dans la Bibliothèque française, en feuilles, marges gr. in-8.

Epreuves avant la lettre.

139. — *La même suite*, in-18, en feuilles, avec les noms des artistes.

140. **Fénélon.** Aventures de Télémaque. Suite de 1 frontispice par Cochin, gravé par Le Mire, et 6 figures in-8 par Cochin gravées par de Launay, Le Mire, Prevost, Saint-Aubin et Simonet.

Belles épreuves, en feuilles gr. in-8 à toutes marges.

141. **Fénélon.** Aventures de Télémaque, 4 figures in-8 de Cochin, pour les Livres III, IV, V et VI, grav. par de Launay, Le Mire et Simonnet.

Epreuves avec la lettre

142. **Fertiault** (F.). Les Amoureux du livre. Suite de 16 eaux-fortes de J. Chevrier. *Paris, Claudin*, gr. in-8, en feuilles dans un carton.

Premières épreuves artistiques avant la lettre, tirées directement sur le cuivre avant l'aciérage des planches sur véritable papier fort du Japon.

143. **Fielding**. Tom Jones. Suite complète de 1 frontispice et 15 figures par Gravelot, grav. par Punt.

Epreuves remontées gr. in-8.

144. **Fielding**. Tom Jones. Suite complète de 12 figures in-8 d'après Moreau le jeune.

Epreuves avec la lettre sur blanc, en feuilles à toutes marges.

145. **Fielding**. Tom Jones. Suite complète de 2 fleurons de titres dess. et grav. par Rouargue et 4 figures in-8, de T. Johannot. *Edition Furne*, 1836.

Belles épreuves sur papier de Chine avec la lettre, en feuilles dans la couverture de publication.

146. **Florian.** Fables. Suite complète de 1 portrait et 10 figures in-18 tête de page, grav. à l'eau-forte par Martial, d'après Moreau le jeune. *Paris, Rouquette.*

Epreuves terminées en noir avant toute lettre sur Japon, en feuilles dans un carton.

147. **Florian**. Fables. Suite complète de 1 portrait, gravé par T. Johannot d'après Desenne et 8 figures in-12 d'après Moreau le jeune. gravées par Roger et De Villiers. Edition Renouard, 1820.

> Epreuves en 2 états, *avant la lettre* sur Chine et *eaux-fortes* sur blanc. *Très rare.*

148. **Florian**. Fables. Suite complète de 8 figures in-18 de Moreau le jeune. Edition Renouard.

> Epreuves sur papier de Chine avant la lettre, en feuilles.

149. **Florian**. Galatée et Estelle. Suite complète de 8 figures in-18 de Desenne.

> Epreuves en 2 états, sur blanc et sur Chine avant la lettre, en feuilles.

150. **Florian**. Théâtre. Suite complète de 8 figures in-18 de Desenne.

> Epreuves en 2 états, sur blanc et sur Chine avant la lettre, en feuilles. (Manque une épreuve sur Chine.)

151. **Galland**. Les Mille et une Nuits. Suite complète de 21 figures in-8 de Chasselat pub. par Collin de Plancy, 1822.

> Epreuves sur Chine avant la lettre, en feuilles, marges gr. in-8.

152. **Galland**. Les Mille et une Nuits. Suite complète de 21 figures in-8 de Chasselat. Edition Collin de Plancy, 1823.

> Epreuves avec la lettre, en feuilles gr. in-8 à toutes marges.

153. **Galland**. Les Mille et une Nuits. Suite de 14 figures in-8 de Chasselat. Edition de Collin de Plancy, 1822.

> Epreuves sur Chine avant la lettre, en feuilles.

154. **Galland**. Les Mille et une Nuits. Suite de 6 figures de Westall, pour l'édition de Crapelet, 1822, in-12 en feuilles, marges gr. in-8. (*Taches de rousseur.*)

> Epreuves tirées sur papier de Chine, avant la lettre.

155. **Galland**. Suite de 3 figures in-8 de Julien Potier, pour illustrer les Contes inédits des 1001 Nuits, pub. par Blaise.

> Epreuves en 3 états, *avec lettre* sur blanc, *avant la lettre* sur Chine et *eaux-fortes* sur blanc, plus 1 figure en 2 états, avant la lettre sur Chine et blanc, en feuilles, marges irrégulières.

156. **Gérard** (Abbé). Suite de 6 figures in-8 de Moreau le jeune pour illustrer le *Comte de Valmont*. *Paris, Bossange*, 1807.

Épreuves avant la lettre, en feuilles, marges gr. in-8.

157. **Gessner**. Œuvres. Suite complète de 3 portraits (Gessner, Diderot et Huber) et 48 figures in-8 de Moreau le jeune, pour l'édition de Renouard, en feuilles, marges in-4.

158. **Gessner**. Œuvres. Suite complète de 2 portraits (Gessner et Huber) et 48 figures in-12 de Moreau le jeune. Edition Renouard, en feuilles, marges in-4.

159. **Gessner**. Œuvres. Suite de 2 portraits (Gessner et Huber) et 41 figures in-8 de Moreau le jeune, pour l'édition Renouard, en feuilles, marges in-4.

160. **Gilbert**. Œuvres. Réunion de 12 pièces in-18 et in-8, d'après Desenne et Devéria.

Épreuves en différents états avant la lettre et eaux-fortes.

161. **Gœthe**. Werther. Suite complète de 10 figures in-8 de Tony Johannot, pub. par Hetzel, 1845, gr. in-8, en feuilles.

Épreuves de premier tirage sur Chine avant la lettre avec le nom de l'artiste à la pointe.

162. **Gœthe**. Werther. Suite complète de 10 figures in-8 de Johannot, pub. dans l'édition de Hetzel.

Épreuves sur Chine avec le nom de l'artiste à la pointe et avant la lettre (Manque la planche : *on retrouve le corps de Werther*).

163. **Gœthe**. Werther. Suite complète de 4 figures in-8, gravées par Burdet d'après Tony Johannot. Edition Crapelet.

Épreuves en 2 états avec et avant la lettre sur blanc, en feuilles, marges gr. in-8.

164. — *La même suite*, épreuves avant la lettre sur papier de Chine, en feuilles marges gr. in-8.

165. **Gœthe**. Werther. Suite de 4 figures in-8 de T. Johannot grav. par Burdet.

> Epreuves sur blanc avec la lettre (La figure: Werther sur son lit) est sur Chine avant lettre. Edit. 1845.

166. **Gœthe**. Werther. Suite complète de 4 figures in-18 de Berthou, grav. par Duplessis-Bertaux.

> Epreuves avant la lettre et les numéros, en feuilles.

167. **Graffigny** (Mme de). Lettres d'une Péruvienne. Suite de 1 portrait, et 7 figures (sur 8) in-18, de Lefèvre, grav. par Coiny.

> Epreuves avant la lettre en feuilles, marges in-8. Le portrait est de format in-12.

168. **Graffigny** (Mme de). Lettres d'une Péruvienne. Suite de 1 portrait et 3 figures in-18, de Devéria. Edition de la Bibliothèque française.

> Epreuves avant la lettre les noms des artistes à la pointe, en feuilles, gr. in-8.

169. **Grécourt**. Œuvres. Suite complète de 1 portrait gravé par Dupréel, et 8 figures in-8 d'après Fragonard fils. *Paris, Chaigneau.* 1796, en feuilles in-8.

170. — *La même suite*, 8 figures épreuves avant la lettre en feuilles à toutes marges. Plus 4 fig. doubles à l'état d'eaux-fortes. Ens. 12 pièces.

171. **Gresset**. Suite complète de 9 figures in-12, de Devéria, dont 1 portrait, pour la Bibliothèque Française, en feuilles.

> Epreuves avant la lettre sur papier blanc.

172. **Gresset**. Œuvres. Suite de 1 portrait gravé par Ethiou et 8 figures in-8 d'après Moreau, pub. par Furne.

> Epreuves sur Chine avec la lettre, en feuilles, marges in-4.

173. **Gresset**. Œuvres. Suite de 8 figures in-8 de Moreau le jeune. Edition Renouard.

> Epreuves avant la lettre, en feuilles (2 fig. sont avec marges in-8). La figure du *Parrain magnifique* est sur Chine volant avant la lettre.

171. **Gresset**. Œuvres complètes. Suite de 8 figures gr. in-8 de Monnet, grav. par Delaunay et Patas.

Belles épreuves avec entourages ornementés, avant la lettre, en feuilles, marges rognées.

175. **Gresset**. Suite complète de 7 figures in-8 (dont 4 pour Vert-Vert, *avant la lettre*, et 3 pour le Théâtre, *avec la lettre*), non signées, pour une édition anglaise de 1787, en feuilles dérel. (*Taches de rousseur.*)

176. **Gresset**. Titre. Dessin original à l'encre de Chine et à l'aquarelle représentant le portrait de l'auteur, Vert-Vert et le Lutrin vivant, par Baudet-Bauderval, sur vélin, gr. in-8.

177. **Gresset**. Vert-Vert et le Lutrin vivant. Suite complète de 5 figures in-18 de Moreau le jeune. Edition Saugrain.

Belles épreuves en feuilles à toutes marges. On y a joint le portrait de Gresset, gr. par St-Aubin d'après Nattier.

178. — *La même suite*, avec le même portrait ajouté, épreuves remargées sur vélin gr. in-8.

179. **Gresset**. Vert-Vert et le Lutrin vivant. Suite de 5 figures in-8 non signées.

Epreuves avant la lettre en feuilles. On y a joint le portrait de Gresset, gr. par Ethiou d'après Devéria, sur blanc avant lettre. Ens. 6 pièces.

180. **Homère**. Iliade. Suite complète de 1 portrait-frontispice et 24 figures de Marillier.

Superbes épreuves avant la lettre, avec le cadre et les noms à la pointe, en feuilles tirées de format in-fol.

181. **Homère**. L'Iliade. Suite complète de 1 frontispice avec portrait d'Homere, et 24 figures par Marillier, gravées par Dambrun, Delignon, de Ghendt, de Launay, Lingée, Patas, Ponce et Trière, gr. in-8 en feuilles, à toutes marges (*Qq. taches de rousseur.*)

182. **Horace**. Œuvres. Suite de 169 vignettes têtes de page,

dessinées et gravées à l'eau-forte par Chauvet, pub. par Lemerre.

Épreuves en tirage à part sur papier vergé de Hollande en feuilles.

183. Hugo (V.). Notre-Dame de Paris. Suite de 1 frontispice et 11 figures in-8, d'après Boulanger, Johannot et autres. *Paris, Renduel*, 1836, en feuilles, gr. in-8.

183 *bis — La même suite*, en feuilles, marges pet. in-8.

184. Imbert. Les Bienfaits du Sommeil. Suite de 1 titre et 4 figures in-18 de Moreau le jeune, grav. par Delaunay, 1776, en feuilles marges in-18.

185. Imitation de Jésus-Christ. Suite de 10 figures in-8 d'après Johannot, avec entourages, pour l'édition de Curmer.

Épreuves de 1er tirage sur Chine, marges in-4 *(Taches de rousseur.)*

186. Imitation de Jésus-Christ. Suite de 10 compositions in-8 de Jean-Paul Laurens, grav. par Léop. Flameng (Edition Quantin). *Paris, Morgand et Fatout*, 1878.

Épreuves d'artiste, sur papier du Japon avant la lettre. Tirées à 80 exemplaires numérotés.

187. Imitation de Jésus-Christ. Suite de 10 eaux-fortes de Léop. Flameng, d'après Jean-Paul Laurens, pub. par Quantin, 1880.

Épreuves sur Hollande, en feuilles, gr. in-4. dans un carton.

188. Imitation de Jésus-Christ. Suite complète de 5 figures in-8 d'Horace Vernet, gravées par Pigeot, Leroux et Bovinet. Edition Janet, 1818.

Belles épreuves avant la lettre, à toutes marges On y a joint une eau-forte.

189. La Fontaine. Œuvres. Suite complète de 1 portrait par Ribault d'après Rigault, 1812 et 25 figures in-8 de Moreau le jeune, grav. par Bosq, Delignon, Delvaux, de Ghendt, Mariage, Pigeot. Simonet, Trière, de Villiers frères et Villerey, pour l'édition de Lefèvre, 1814.

Superbes épreuves avant la lettre, (Le portrait est avec la lettre) en feuilles gr. in-8. On y a joint 4 pièces dont 3 avant la lettre et l'eau-forte. Ens. 30 pièces.

190. **La Fontaine**. Œuvres. Suite complète de 1 portrait gravé par Ribault 1812, et 25 figures in-8 de Moreau le jeune, gravées par Bosq, Delignon, Delvaux, de Ghendt, Mariage, Pigeot, Simonnet, Trière, de Villiers frères et Villerey, pour l'édition de 1814.

Belles épreuves avant la lettre, en feuilles. *Rare.*

191. **La Fontaine**. Œuvres. Suite complète de 1 portrait par Dequevauviller et 25 figures in-8 de Moreau le jeune. Edition Lefèvre, 1822.

Epreuves avant la lettre, en feuilles, marges in-8.

192. **La Fontaine**. Œuvres. Suite complète de 1 portrait gravé par Bertonnier et 20 figures in-18 de Desenne, pub. dans la Bibliothèque française.

Epreuves avant la lettre, en feuillos à toutes marges.

193. **La Fontaine**. Œuvres. Suite de 19 figures in-8 de Staal, dont 3 portraits, pub. par Garnier.

Epreuves sur Chine montées avant la lettre, en feuilles marges in-4.

194. **La Fontaine**. Œuvres. Suite de 1 portrait et 16 figures in-8, d'après Moreau et Tony Johannot, pub. par Furne.

Epreuves sur Chine avec la lettre, en feuilles, marges in-4.

195. **La Fontaine**. Œuvres. Suite complète de 1 portrait gravé par Hopwood et 12 figures in-8 de T. Johannot, pub. par Furne.

Epreuves en 2 états, avant la lettre sur Chine, et eaux-fortes sur blanc, en feuilles dans la couverture de publication.
(Les 2 eaux-fortes : *Comment l'esprit vient aux filles* et *la Clochette*) sont de format in-8.
Le portrait est en seul état, sur Chine.

196. **La Fontaine**. Œuvres. Suite de 10 figures in-8 de Tony Johannot. Edition Furne, 1835.

Belles épreuves à l'eau-forte pure, en feuilles gr. in-8. Il manque : *Le portrait — La Clochette — Comment l'esprit vient aux filles*.

197. — *La même suite*, 10 figures in-8, *eaux-fortes pures*, en feuilles, marges in-8. Il manque : *Le portrait — La Clochette — Comment l'esprit vient aux filles*.

198. *La même suite*, 3 figures in-8, *eaux-fortes pures*, en feuilles, gr. in-8. — *L'Ours et les deux compagnons* — *Le Thesauriseur et le Singe* — *Le Mari, la Femme et le Voleur.*

199. *La même suite*, 11 figures in-8, avant la lettre sur Chine, en feuilles, in-4. Incomplète du *Portrait* et *le Berger qui joue de la flute.*

200. *La même suite*, 1 portrait et 11 figures in-8, sur blanc avant la lettre, en feuilles, in-4. Il manque *le Berger qui joue de la flute.*

201. *La même suite*, 11 figures in-8 et gr. in-8. Il manque *le Berger qui joue de la flute.*

202. **La Fontaine.** Œuvres. Suite complète de 1 portrait gravé par Ethiou, et 12 figures in-8 de Devéria.

> Epreuves sur blanc avant la lettre, en feuilles à toutes marges. On y a joint 9 pièces doubles, 5 sur papier de Chine avant la lettre et 4 eaux-fortes. Ens. 22 pièces.

203. **La Fontaine.** Œuvres. Suite complète de 1 portrait et 12 figures in-8, d'après les dessins de Devéria, gr. in-8, en feuilles.

> Epreuves sur blanc avant la lettre. On y a joint une eau-forte.

204. **La Fontaine.** Œuvres. Suite complète de 1 portrait gravé par Hopwood, et 12 figures in-8 d'après Tony Johannot.

> Épreuves sur blanc avant la lettre, en feuilles, marges gr. in-8.

205. **La Fontaine.** Contes. Suite complète de 95 figures (y compris 1 portrait) d'après Duplessis-Bertault. (Tirage de Leclère.

> Tirage in-4, sur papier vergé de Hollande. Le portrait est de format in-8 allongé.

206. **La Fontaine.** Contes. Suite de 1 portrait et 94 vignettes in-18, d'après Duplessis-Bertaux, Monnet, etc., en feuilles format in-8.

207. **La Fontaine.** Contes. Suite complète de 84 figures in-18 d'Eisen. pour l'édition dite des Fermiers généraux. Réimpression de Leclere sur Japon monté, en feuilles in-4.

Suite très rare, en pareil état, il n'a été tiré que 25 exemplaires sur ce papier.

208. **La Fontaine.** Contes. Suite de 83 figures d'après Eisen, et 2 portraits. *Paris, Barraud*, 1874, gr. in-8 en feuilles.

Épreuves en sanguine sur papier de Hollande teinté.

209. **La Fontaine.** Contes Suite de 1 portrait de Choffard et 64 fleurons et culs-de-lampe gravés par C. Borly, d'après P.-P. Choffard

Épreuves sur papier de Chine. Réimpression moderne, gr. in-8, cart. Bradel, non rogné.

210. **La Fontaine**. Contes. Collection de 40 vignettes tête de page d'après Cochin. *Paris, Roblin.*

Épreuves sur papier vergé de Hollande avant la lettre en feuilles dans un carton, marges gr. in-8.

211. **La Fontaine**. Contes. Suite de 20 estampes, d'après H. Fragonard et Touzé, grav. à l'eau-forte par T. de Mare. *Paris, Conquet* 1881.

Épreuve du 4e état, avec numéros, et les noms des artistes imprimés. sur Hollande.

212. **La Fontaine.** Contes. Suite complète de 1 portrait de Fragonard d'après Le Carpentier, 1 fleuron de Choffard, et 20 estampes gravées à l'eau-forte par T. de Mare, d'après Fragonard. *Paris, L. Conquet*, 1881.

Épreuves terminées noms à la pointe sur Japon blanc. Tirées à 30 exemplaires.

213. **LA FONTAINE**. Contes, 3 eaux-fortes de Fragonard. (La Clochette — Le Juge de Mesle — Les 3 Commères: Le Fil) pour l'édition de Didot, 1795, in-4, en feuilles.

214. **La Fontaine**. Fables. Suite complète de 275 figures in-8 d'après Oudry, gravées par Punt, Delfos et Vinkeles.

Épreuves de premier tirage en feuilles marges in 8.

215. **La Fontaine.** Fables. Suite complète de 1 portrait et 13 figures in-8 en travers d'après Percier.

Épreuves en noir tirées sur Chine, en feuilles, format gr. in-4.

216. **La Fontaine.** Fables. Suite complète de 1 portrait à l'eau-forte par Flameng et 12 planches in-8, pour l'édition des 12 peintres, pub. par Jouaust.

Épreuves avant la lettre sur Whatman, in-4, en feuilles dans un carton.

217. **La Fontaine.** Fables. Suite de 1 portrait et 12 figures in-8, gravés à l'eau-forte, pour l'édition Jouaust, collection dite des douze peintres.

Épreuves sur Hollande avec la lettre (manque le portrait), en feuilles à toutes marges.

218. *La même suite*, épreuves sur vergé avec la lettre. (Incomplet d'une planche), en feuilles à toutes marges.

219. **La Fontaine.** Fables. Suite complète de 12 figures in-8, d'après Moreau-le-Jeune, gravées par De Villiers, Pourvoyeur, Schroeder et Simonet.

Épreuves sur Chine avant la lettre, en feuilles, marges gr. in-8.

220. — *La même suite* sur blanc avant la lettre, en feuilles, marges gr. in-8.

221. **La Fontaine.** Fables. Suite de 12 figures in-8 en travers, par Percier, en feuilles.

Tirage moderne en noir sur Chine volant.

222. **La Fontaine.** Fables, 4 lithographies coloriées d'après les dessins de H. Monnier, pour illustrer les Fables, en feuilles.

223. **La Fontaine.** Amours de Psyché. Suite complète de 1 portrait gravé par Audouin d'après Rigault et 8 figures de Moreau, grav. par Dambrun, Duhamel, Duprécl, de Ghendt, Halbou, Petit et Simonet, 1795, in-4 en feuilles (dont 5 à toutes marges et 3 plus courtes).

On y a joint 3 figures par Boichot. Ender et non signée.

224. **La Fontaine**. Amours de Psyché. Suite complète de 5 figures de Gérard, grav. par Blot, Marais, Mathieu, Nicollet et Tardieu.

> Belles épreuves avant la lettre, en feuilles, marges gr. in-4. (4 fig. pour *Psyché* et 1 pour Adonis.

225. **La Fontaine**. Psyché. Suite complète de 1 portrait gravé par Delvaux d'après Rigault et 8 figures in-18 de Moreau gravées par Delvaux.

> Épreuves avec la lettre, à toutes marges.

226. **Lamartine**. Œuvres. Suite complète de 10 figures in-18 de Desenne.

> Épreuves en 2 états, sur blanc *avant la lettre* et *eaux-fortes* sur Chine en feuilles in-8. *Rare*.

227. **Lamartine**. Œuvres. Suite de 1 portrait et 4 figures in-8 de Desenne. Édition Boquet, 1826.

> Épreuves avant la lettre sur blanc (le portrait est sur Chine), en feuilles à toutes marges. On y a joint 2 fig. doubles, épreuves sur Chine avant la lettre, 7 pièces.

228. **Lamartine**. Suite complète de 6 fleurons de titres d'après Desenne, Rose, Tony Johannot, etc., pour illustrer les Méditations. *Paris, Canel*, 1826, in-18 en feuilles.

> Épreuves tirées sur papier de Chine avant la lettre.

229. **Lamartine**. Méditations. Suite de 1 portrait et 10 figures in-18 de Desenne. Édition Gosselin.

> Épreuves en 2 états avant la lettre et eaux-fortes sur Chine. (Le portrait est en un seul état, Chine avant lettre), en feuilles à toutes marges.

230. **Lamartine** Méditations. Suite complète de 1 portrait gravé par Pye, et 5 figures in-8, de Desenne, pub. dans l'édition Boquet, 1826. (*Taches de rousseur*).

> Épreuves en 2 états, avant la lettre sur Chine, et eaux-fortes sur blanc, en feuilles, marges gr. in-8.

231. **Legouvé**. Œuvres. Suite complète de 1 portrait, gravé par Bertonier d'après Chasselat, et 6 figures in-8 de De-

senne et Devéria, parues dans l'édition Janet, 1826, en feuilles, marges gr. in-8. (Le portrait est plus court.)

Epreuves sur Chine en 2 états, avant la lettre et eaux-fortes (Le portrait est en seul état, sur Chine, avec lettre.)
Manque la figure de Caïn et Abel.

232. **Legouvé.** Œuvres. Suite complète de 1 portrait gr. par Bertonnier d'après Chasselat et 6 figures in-8 d'après Desenne et Devéria, pub. par Janet, 1826.

Epreuves en 2 états sur Chine avant la lettre et eaux-fortes, en feuilles, marges gr. in-8

233. **Legouvé.** Le Mérite des Femmes. Réunion d'un portrait et de 8 pièces (dont plusieurs doubles) d'après Desenne et Moreau le jeune, en feuilles.

234. **Legouvé.** Le Mérite des Femmes. Suite complète de 6 figures in-18 de Desenne, à claire voie, dont une vignette de titre, pub. par Janet.

Epreuves sur Chine, en 2 états, avant la lettre et eaux-fortes, en feuilles, marg. gr. in-8.

235. **Legouvé.** Le Mérite des femmes. Suite de 5 figures in-18, d'après Devéria.

Epreuves en 2 états, sur Chine avant la lettre (moins 1 fig. qui est sur blanc) et eaux-fortes sur blanc, en feuilles à toutes marges.

236. **Legouvé.** Le Mérite des femmes. Suite de 1 fleuron de titre (tiré sur Chine) et 4 figures in-18, de Devéria.

Epreuves sur blanc avant la lettre, en feuilles

237. **LEGRAND.** Suite complète de 3 DESSINS ORIGINAUX, très finement exécutés à la plume et à la sépia et signés, pour *la Cantatrice* (Roman du XVIII*) in-12, en feuilles.

On y a joint : 1° les 3 figures gravées avant toutes lettres. — 2° les mêmes figures avec la lettre.

238. **Legrand d'Aussy.** Fabliaux et contes. Réunion de 12 figures in-8 de Moreau le jeune, grav. par Bosq, Croutelle, Devilliers et Ribault.

Epreuves sur Chine avant la lettre, en feuilles, gr. in-8.

239. — *La même suite*, 11 figures épreuves sur blanc avant la lettre, en feuilles, gr. in-8.

240. — *La même suite*, 12 figures doubles. en différents états, sur Chine avant la lettre et sur blanc avec et avant la lettre, en feuilles gr. in-8.

241. — *La même suite*, 6 figures à l'état d'eaux-fortes en feuilles, gr. in-8.

242. **Le Sage.** Œuvres choisies. Suite complète de 1 portrait par Guélard et 34 figures de Marillier. Edition de 1783, en feuilles, marges in-8.

243. **Le Sage.** Le Diable boiteux. Suite de 9 eaux-fortes par Lalauze, pub. par Jouaust, in-16 tirées in-8, en feuilles dans un carton.

Epreuves sur papier de Chine avant la lettre.

244. **Le Sage.** Le Diable boiteux. Suite complète de 9 eaux-fortes, dess. par H. Pille, grav. par L. Monziès. Edition Lemerre.

Epreuves sur Japon avant la lettre, en feuilles gr. in-8.

245. — *La même suite*, épreuve sur grand Hollande avec la lettre, en feuilles gr. in-8.

246. **Le Sage.** Le Diable boiteux. Suite de 9 eaux-fortes, dess. par H. Pille, grav. par L. Monziès. *Paris, Lemerre*, 1879, in-12 en feuilles dans un autre carton.

247. **Le Sage.** Histoire de Gil Blas. Suite complète de 24 figures in-18 de Devéria. Edition de la Bibliothèque française.

Epreuves sur blanc avant la lettre, en feuilles à toutes marges.

248. **Le Sage.** Gil Blas. Suite de 21 estampes, dessinées et gravées à l'eau-forte par Ad. Lalauze. *Paris, Rouveyre.*

Epreuves de choix avant lettre sur Japon. Tirées à 100 exemplaires numérotés (n° 81).

249. **Le Sage.** Gil Blas. Suite complète de 16 eaux-fortes

composées par H. Pille et gravées par L. Monziès. *Paris, Lemerre.*

Epreuves sur Hollande en 2 états, eaux-fortes et épreuves terminées, en feuilles in-4.

250. **Le Sage**. Gil Blas. Suite complète de 9 figures in-8 de Desenne, pub. par Lefèvre, 1820.

Epreuves sur Chine, avant la lettre, en feuilles, marges irrégulières (7 de format in-4 et 2 in-8). Deux pièces sont sur blanc.

251. **Le Sage**. Gil Blas. Suite de 9 figures in-8, de Desenne pub. par Lefèvre.

Epreuves sur blanc avec le titre, en feuilles.

252. — *La même suite*, 5 figures sur blanc et Chine avec la lettre, en feuilles.

253. **Le Sage**. Gil Blas. Suite complète de 8 figures in-18 à claire-voie, dont 4 fleurons de titres, de Desenne. Edition Werdet et Lequien.

Epreuves avant la lettre sur Chine, montées de format gr. in-8. Une figure est avec la lettre.

254. **LE SAGE**. Suite complète de 8 DESSINS ORIGINAUX de DEVERIA a la sépia et rehaussés de blanc, pour illustrer Guzman d'Alfarache.

On y a joint la suite complète des 8 figures gravées d'après ces dessins, par Fanchery, Magne et Simonet, pub. dans la Bibliothèque française, épreuves tirées sur Chine, avant la lettre, marges in-8, en feuilles. Ensemble 16 pièces.

255. **Longus**. Daphnis et Chloé. Suite complète de 9 figures in-4, d'après Prudhon et Gérard. Edition Didot, 1800.

EPREUVES AVANT LA LETTRE avec les papiers de soie, en feuilles, à toutes marges.

256. **Longus.** Daphnis et Chloé. Suite de 7 eaux-fortes d'après les dessins de Prud'hon, gravées par Boilvin. *Paris, Lemerre*, 1875, in-12 en feuilles dans un carton.

Epreuves sur vergé de Hollande avant la lettre.

257 *bis.* — *La même suite,* sur papier vélin teinté, in-12 en feuilles dans un carton.

258. Longus. Les Amours pastorales de Daphnis et Chloé. Suite complète de 6 figures in-8 de Prudhon, Gérard, Albrier et Hersent, pub. dans l'édition de Janet.

Belles épreuves à l'eau-forte pure, sur blanc, en feuilles in-4.

259. Longus. Les Amours pastorales de Daphnis et Chloé. Suite de 1 frontispice signé par Dupréel, et 4 figures in-16 par Monsiau grav. par Pauquet et Dupréel. Edition Maradan, 1798 (*Mouillures*).

260 bis. — *La même suite* remargée gr. in-8.

261. Longus. Daphnis et Chloé. Suite complète de 4 figures en travers, dess. et grav. à l'eau-forte par Em. Lévy.

Epreuves avant la lettre, en feuilles, marges in-12.

262. Longus. Daphnis et Chloé. Suite de 4 culs-de-lampe de Cochin. Edition de 1745, en feuilles à toutes marges.

263. Louvet de Louvray. Faublas. Suite de 47 figures in-8 grav. sur bois.

Epreuves sur Chine volant, en feuilles.

264. Louvet de Louvray. Faublas. Suite de 5 figures in-8 de Colin. Edition Tardieu.

Belles épreuves avant la lettre sur Chine et avant la tablette avec les noms des artistes à la pointe sèche, en feuilles, marges in-8. On y a joint 2 épreuves doubles, sur Chine avant les noms des artistes, plus 1 figure. *Les deux Amoureux couchés s'embrassant,* d'après Devéria, sur Chine avant lettre, et 1 portrait de Louvet de Couvray, par Bonneville, Ens. 9 pièces.

265. Lucain. La Pharsale. Suite de 10 figures gr. in-8 de Perrin. Edition Crapelet, 1796.

Epreuves avant la lettre et avec les papiers de soie, en feuilles à toutes marges.

266. Lucréce. De la Nature des choses. Suite de 1 frontispice et 6 figures gr. in-8 par Monnet, gravés par Choffard, Dambrun, Delignon, Lingé, en feuilles.

Epreuves avant la lettre.

267. **Lucrèce**. De la nature des choses. Suite complète de 1 frontispice et 6 figures in-8 non signées. Edition de 1795.

Epreuves avant la lettre à toutes marges.

268. **Maistre** (X. de) Voyage autour de ma chambre. Suite complète de 1 portrait et 5 figures in-12, dess. et grav. à l'eau-forte par Hédouin pub. par Jouaust.

Epreuves sur Hollande avec la lettre, en feuilles, marges in-8.

269. **Marguerite de Valois**. Suite de 1 frontispice par Dunker, et 73 figures in-8, d'après Freudenberg, pour illustrer l'Heptaméron Français, in-8, en feuilles.

270. **Marmontel**. Bélisaire. Suite de 4 figures in-12 de Duvivier. Edition de la Bibliothèque française.

Epreuves avant la lettre, les noms des artistes à la pointe, en feuilles, marges gr. in-8.

271. **Marmontel**. Les Incas. Suite complète de 1 frontispice et 10 figures in-8 de Moreau le jeune, gravés par de Launay, Duclos, de Ghendt, Helman, Leveau, Née et Simonet, pour l'édition de 1777, en feuilles.

Epreuves avec la lettre, à toutes marges (2 fig. plus courtes de marges).

272. **Mercier**. Théâtre. Suite de 14 figures in-8, par Fritzius, Hulk et Godin, ou non signées, 1778-84, en feuilles, marges in-8.

273. **Milan** (Le Dôme de) en soixante-dix planches, avec description et notes historiques. Deuxième édition française, *Milan, Saldini*, 1883, in-fol. en portefeuille.

274. **Millevoye**. Œuvres. Suite de 1 Portrait par Mme Gérard, et 2 figures in-8, de T. Johannot, pour *Alfred* et le *Mancenillier*. Edit. Furne.

Epreuves sur blanc avec la lettre, à toutes marges.

275. **Molière**. Œuvres. Suite complète de 1 portrait et 49 vignettes tête de page, gravées à l'eau-forte par Foulquier, pour l'édition Mame.

Belles épreuves sur Chine volant, en feuilles, marges gr. in-8.

276. **Molière.** Œuvres. Suite complète de 35 eaux-fortes
d'après Boucher, grav. par Boilvin, Courtry, Rajon, Le
Rat, etc. *Paris, Lemerre*, in-18, tirées gr. in-8, en feuilles
dans un carton.

Epreuves en 2 états *avec* et *avant la lettre* sur Chine volant.

277. **Molière.** Œuvres. Suite de 35 eaux-fortes d'après Boucher, grav. par Boilvin, Courtry, Rajon, Le Rat, etc. *Paris,
Lemerre*, in-12, en feuilles dans un carton.

Epreuves sur Whatman, avec la lettre.

278. **Molière.** Œuvres. Suite de 34 estampes in-8, dont 1
portrait, dess. et grav. à l'eau-forte par Ad. Lalauze.
Paris, Morgand et Fatout, 1876.

Epreuves d'artiste tirées à 80 exemplaires sur papier du Japon (n° 41)
avec signature de l'artiste, en feuilles in-4.

279. **Molière.** Œuvres. Suite complète de 1 portrait et 34
eaux-fortes d'après Boucher, gravées par Boilvin, Courtry,
Rajon, Gaucherel, Le Rat, etc. *Paris, Lemerre*, pet. in-12
tirées in-8, en feuilles dans un carton.

Epreuves sur Chine volant avant la lettre.

280. — *La même suite*, sur papier Whatman avant la lettre.

281. **Molière.** Œuvres. Suite de 3 portraits et 33 figures
in-8 de Moreau le jeune. Réimpression des planches de
l'édition Bret, pub. par *L. Willem, s. d.*, en feuilles dans
un carton.

Epreuves sur papier de Chine volant avant la lettre, gr. in-8.

282. **Molière.** Œuvres. Suite complète de 1 portrait gravé
par Cathelin et 33 figures in-8 d'après Moreau le jeune,
pour l'édition de Bret, 1773.

Tirage moderne avant la lettre des anciennes épreuves avant les retou-
ches en feuilles in-4.

283. **Molière.** Œuvres. Suite complète de 1 portrait, 1 frontispice et 33 figures pet. in-12, dess. et grav. par Punt
d'après Boucher, 1749.

Epreuves de 1er tirage, en feuilles montées in-4.

284. **Molière**. Œuvres. Suite de 1 portrait par Lépicié d'après
Coypel et 33 estampes in-4, d'après Boucher. Edition de
Delarue.

Epreuves en noir, à toutes marges, en feuilles, dans un carton.

285. **Molière**. Œuvres. Suite de 3 portraits et 33 figures
in-8, dessinés et gravés à l'eau-forte par F. Dupont.

Epreuves avant la lettre sur papier du Japon. in-4 en feuilles dans un
carton. Tirage à petit nombre et publié à 300 fr.

286. **Molière**. Œuvres. Suite complète de 1 portrait, 6 fleurons de titres et 33 figures in-8 de Moreau le jeune. Edition de Bret. Réimpression faite par Leclère.

Epreuves tirées en noir avant la lettre, en feuilles. marges in-4.

287. **Molière**. Œuvres. Suite de 3 portraits, et 33 figures,
grav. à l'eau-forte par T. de Mare d'après Boucher. *Paris,
Lefilleul*, 1881.

Epreuves terminées en noir sur Japon, signées par l'artiste, gr. in-4
en feuilles, dans un carton.

288. **Molière.** Œuvres. Suite de 30 figures in-12 de Brissart,
gravées par Sauvé pub. par Denys Thierry, 1682.

Epreuves remontées, en feuilles. format gr. in-8.

289. **Molière**. Œuvres. Suite complète de 1 portrait, et de
30 figures de Moreau le jeune, pub. par Renouard, in-8,
en feuilles.

Epreuves avec la lettre, à toutes marges

290. **Molière**. Œuvres. Suite complète de 1 portrait et 30
figures in-8 de Moreau jeune, pub. par Renouard et
Furne.

Epreuves sur Chine avec la lettre. en feuilles, marges in-4.

291. **Molière**. Œuvres. Suite complète de 1 portrait gr. par
Bertonnier, et 20 figures in-18 de Desenne, pub. dans la
Bibliothèque française.

Epreuves avant la lettre, en feuilles à toutes marges.

292. **Molière.** Œuvres. Suite de 1 portrait par Hopwood et

Olivier. et 18 figures in-8 de Vernet, Desenne, Hersent et autres, pub. par Furne.

Epreuves tirées sur papier de Chine avec la lettre. en feuilles à toutes marges.

293. Molière. Œuvres. Suite de 11 figures in-8 de Chasselat et 1 portrait gravé par Dequevauviller d'après Coypel, en feuilles, à toutes marges.

294. Molière. Œuvres. Suite de 20 portraits en pied des principaux personnages des pièces les plus remarquables, dessinés par Geffroy, Allouard et Maurice Sand. Edition Laplace, gr. in-8, en feuilles.

Epreuves en 2 états, en noir tirée sur Chine, et en couleurs avec la lettre.

295. Molière. 5 portraits de Molière gravés sur bois par Comte (Extraits de la Gazette des Beaux-Arts). Tirage à part, en feuilles marges in-fol.

Epreuves en 3 états, en noir. en bistre et en sanguine sur chine.

296. — *La même suite,* en *noir* et en *bistre,* sur Chine, en feuilles, marges in-fol.

297. Molière (Les Comédiennes de). Suite de 10 portraits, gravés à l'eau-forte par Hanriot.

Epreuves avant la lettre, en feuilles, in-4.

298. Moncrif. Contes. Suite complète de 1 frontispice et 5 figures in-8, grav. à l'eau-forte par Gaujean d'après les compositions de P. Avril, pub. par Quantin, 1882.

Epreuves en 3 états avant toute lettre sur Japon blanc. en noir, bistre et sanguine. en feuilles. format gr. in-4, dans un carton.

299. Montesquieu. Œuvres. Suite complète de 1 portrait gravé par Tardieu et 13 figures in-8, d'après Moreau, Chaudet, Peyron et autres ; tirage in-8, planches réduites de l'édition de 1796.

Epreuves avant la lettre.

300. Moreau. Suite de 5 figures in-4 de Moreau pour illustrer les Reflexions morales de l'empereur Marc Antonin et les Entretiens de Phocion, pub. par Didot 1800.

301. **Morel de Vindé**. Zélomir. Suite complète de 6 figures in-18 de Lefèvre, gravées par Godefroy. Edition Didot, 1801.

Belles épreuves avant la lettre, en feuilles.

302. **Musset** (A de). Œuvres. Suite de 42 eaux fortes composées par H. Pille et gravées par L. Monziès. *Paris, Lemerre*.

Epreuves sur Hollande, avant la lettre, en feuilles marges in-4.

303. **Nodier** (Ch.). Contes. Suite de 8 eaux-fortes de Tony Johannot. Edition Hetzel, 1846, gr. in-8.

Epreuves tirées sur Chine avant la lettre, avec le nom de l'artiste à la pointe, en feuilles tirées de format in-fol.

304. **Perrault** (Ch.). Contes des Fées. Suite complète de 1 portrait, 1 frontispice et 11 eaux-fortes, dess. par H. Pille et grav. par L. Monziès. *Paris, Lemerre*.

Epreuves sur Japon en 2 états, épreuves terminées avant la lettre et eaux fortes pures, en feuilles, marges in-4.

305. — *La même suite*, eaux-fortes pures sur Hollande, en feuilles, marges in-4.

306.— *La même suite*, épreuves terminées avant la lettre sur Whatman, en feuilles, marges in-4.

307. **Perrault** (Ch.). Suite de 3 eaux-fortes d'après les dessins de Marillier, pour les Contes des Fées, de l'impr. Impériale.

Premier état, en feuilles, marges in-8.

308. **Pétis de la Croix**. Les Mille et un jours. Suite de 10 figures in-8 de Deveria.

Epreuves en 2 états, sur Chine *avant la lettre*, et *eaux-fortes* sur blanc. (Manque 1 figure sur Chine), en feuilles, marges in-4.

309. **Pétis de la Croix**. Suite complète de 10 figures in-8 de Devéria, pour illustrer les 1001 jours, pub. par Rapilly 1826.

Epreuves à l'état d'eaux fortes, en feuilles format in-4.

310. **Piron**. Suite complète de 3 figures in-12, dont 1 portrait, d'après Devéria, pub. dans la Bibliothèque française.

Epreuves d'Artistes, avec les noms à la pointe, en feuilles, marges gr. in-8.

311. **Pléiade** (la). Titres et pièces diverses, pour l'édition Curmer, 14 pièces en feuilles.

312. **Portraits**. Suite complète de 100 portraits in-8, des personnages les plus célèbres, gravés par les plus habiles artistes, d'après les dessins de Desenne, pub. par Ménard et Desenne, gr. in-8, en feuilles.

313. **Portraits contemporains** Méry. — Richepin, gravés à l'eau-forte.

Epreuves sur Hollande avant l'aciérage et avant la lettre, en feuilles in-4.
Tiré à 30 exemplaires.

314. **Portraits divers**. Environ 150 pièces, in-8 et in-4.

315. **Prévost** (Abbé). Œuvres choisies. Suite de 1 portrait gravé par Ficquet d'après Schmidt, et 68 figures de Marillier. Edition de 1783-84, in-8, en feuilles.

316. **Prévost** (Abbé). Manon Lescaut, Suite complète de 1 portrait et 10 figures in-8, dess. et grav. à l'eau-forte par Léop. Flameng. *Paris, Qvantin*, 1879.

Epreuves sur Japon avec la lettre, en feuilles, gr. in-4, dans un carton

317. — *La même suite*, épreuves sur Hollande, avec la lettre, en feuilles, in-4, dans un carton.

318. **Prévost** (Abbé). Suite complète de 1 portrait, 1 frontispice et 10 figures in-12, dess. et grav. à l'eau-forte, par Chauvet. *Paris, P. Rouquette*, 1874.

Epreuves en trois états avant la lettre sur Chine volant, en noir, en bistre et en sanguine, en feuilles.

319. — *La même suite*, épreuves en bistre sur Chine volant, en feuilles, in-8.

320. — *La même suite*, 10 figures in-12, épreuves de Iᵉʳ état (eau-forte avancée) en noir avant la lettre sur vergé, en feuilles, marges gr. in-8.

321. **Prévost** (Abbé). Manon Lescaut. Suite de 9 eaux-fortes d'après Gravelot et Pasquier, grav. par L. Monziès. *Paris, Lemerre*, 1877, in-12, en feuilles dans un carton.

322. **Prévost** (Abbé). Suite de 8 figures in-12 d'après Gravelot et Pasquier. Edition de 1753.

Tirage moderne sur papier blanc avant la lettre, en feuilles marges gr. in-8.

323. **Prévost**. Manon Lescaut. Suite de 8 figures in-18 d'après Lefèvre, pub. par Leclère.

Epreuves avant la lettre sur papier vergé en feuilles, marges pet. in-8.

324. **Prévost**. Manon Lescaut. Suite de 4 figures in-18 de Desenne. Edition de la bibliothèque française.

Epreuves avant la lettre sur blanc, en feuilles, marges. gr. in-8.

325. **Preziosi**. Stamboul. Souvenirs d'Orient 1858. *Paris, imprimerie Lemercier*. Album in-fol. obl. de 30 pl. en couleurs y compris le titre, cart. toile, pl. mont. sur onglets.

326. **Rabelais**. Œuvres. Suite complète de 76 figures in-8 dont 1 portrait. *Paris, Bastien, an VI*, en feuilles, montées de format in-4.

On y a ajouté 1 portrait de Rabelais, gravé sur acier par Hopwood.

327. **Rabelais**. Œuvres. Suite de 16 eaux-fortes, composées et gravées par Bracquemond. *Paris, Lemerre*, 1872, gr. in-8, br. couv.

Epreuves tirées sur papier de Chine volant avant la lettre.

328. **Rabelais**. Œuvres. Suite complète de 2 portraits différents et 10 figures in-8 de Devéria, pub. dans l'édition Dalibon.

Epreuves en 2 états avant la lettre et eaux-fortes pures, sur Chine en feuilles in-4.

329. **Rabelais**. Œuvres. Suite complète de 11 figures, dont
1 portrait dess. et grav. par Boilvin. pub. par Jouaust
in-16 tirées in-8, en feuilles dans un carton.

Épreuves sur Hollande avant la lettre

330. **Rabelais**. Œuvres. Suite complète de 2 portraits, une
carte du Chinonois et 10 figures in-8 de Devéria, pour
l'édition Dalibon.

Épreuves avant la lettre sur papier de Chine, en feuilles marges
in-fol.

331. — *La même suite*, épreuves sur blanc avec la lettre,
in-8 en feuilles.

332. **Racine** (J.) Suite de 1 frontispice et 56 figures in-8
d'après Prud'hon, Girodet, Gérard, Moitte, etc., pub. par
Didot l'aîné.

Belles épreuves avant la lettre, en feuilles, marges in-4.

333. **Racine** (J.) Œuvres. Suite complète de 1 portrait gravé
par Gaucher d'après Santerre, et 12 figures in-8 de Lebarbier, grav. par Baquoy, Dambrun, Dupréel, Gaucher,
Halbou, Langlois jeune, Patas, Romanet et Thomas.

Belles épreuves avant la lettre, en feuilles format gr. in-4.

334. **Racine** (J.) Œuvres. Suite complète de 1 portrait gravé
par Pannier et 12 figures in-8, d'après Chaudet, Desenne.
Devéria, Gérard, Girodet et Taunay, pub. par Furne,
en feuilles.

335. **Racine** (J.) Œuvres. Suite complète de 1 portrait gravé
par Ethiou, et 12 figures in-8, d'après Gérard, Girodet,
Desenne, Devéria. Edition Furne.

Épreuves sur blanc avant la lettre, en feuilles, marges in-4.

336. **Racine** (J.) Suite complète de 1 portrait et 12 figures
in-12 de Desenne, toutes gravées par Girardet, pour la
Bibliothèque française en feuilles, marges gr. in-8.

Épreuves tirées sur Chine avant la lettre.
Petit chef-d'œuvre de gravure, très-rare avant la lettre. Desenne m'a
affirmé qu'il n'avait tiré que 40 exemplaires sur Chine avant la lettre :
(*Sieurin*, *page 175*.)

337. **Racine** (J.) Œuvres. Suite de 1 portrait par Saint-Aubin, et 12 fig. in-8 de Moreau le jeune. Édition Renouard.

> Épreuves anciennes, en feuilles à toutes marges.

338. **Racine** (J.) Œuvres. Suite complète de 1 portrait et 12 figures in-8 de Moreau le jeune, pour l'édition Renouard.

> Tirage de Furne, sur Chine avec la lettre, en feuilles, marges in-4.

339. **Racine** (J.) Œuvres. Suite complète de 1 portrait par Santerre, gr. par Cathelin, et 12 figures in-12 de Sève.

> Belles épreuves, en feuilles remontées de format in-4.

340. **Racine** (L.) Suite de 1 portrait par Simonet, et 3 figures in-18 de Duvivier, pour la *Religion*. Édition de la Bibliothèque française.

> Épreuves avant la lettre du 1er état, avec les noms à la pointe, en feuilles, marges gr. in-8.

341. **Regnard.** Œuvres. Suite complète de 1 portrait et 12 figures in-8 de Desenne. Édition Dufart, 1828.

> Épreuves en triple état, eaux-fortes pures, avant et avec la lettre sur papier de Chine, en feuilles à toutes marges. On y a joint un portrait de Regnard, gravé par Leroux, 1820.

342. **Regnard.** Œuvres. Suite complète de 1 portrait et 12 figures in-8 de Desenne. Édition Dufart, 1828.

> Épreuves en deux états sur Chine, *avant la lettre* et *eaux-fortes*, en feuilles à toutes marges. On y a joint une belle épreuve à toute marge du portrait de Regnard, gravé par Leroux d'après Rigaud.

343. — *La même suite*, épreuves sur Chine, avec la lettre grise, en feuilles à toutes marges.

344. *La même suite*, épreuves à l'état d'eaux-fortes sur blanc, en feuilles, à toutes marges.

345. **Regnard.** Œuvres. Suite de 1 portrait et 12 figures in-8, de Desenne, grav. par Lefèvre, Burdet, Blanchard, Leroux, etc., en feuilles.

> Épreuves à l'état d'eaux-fortes, sur Chine, marges gr. in-8.

346. **Regnard.** Œuvres. Réunion de 13 pièces in-8, d'après Desenne pour l'édition Dufart.

> Épreuves en différents états, sur Chine et sur blanc avant la lettre, et eaux-fortes.

347. **Restif de la Bretonne.** Suite complète de 1 frontispice et 5 figures in-8, dess. et grav. à l'eau-forte par
A. Mongin, publiée par Quantin, 1882.

Épreuves en 3 états avant toute lettre, sur Japon blanc, en *noir*,
bistre et *sanguine*, en feuilles, format gr. in-4, dans un carton.

348. **Roman de la Rose.** Suite de 1 portrait de J. de Meung
gravé par Girardet d'après Langlois, et 4 figures in-8 de
Monnet. Édition Didot, 1814.

Épreuves avec la lettre en feuilles in-8.

349. **Rousseau** (J.-J.). Œuvres. Suite complète de 42 figures
in-8 de Devéria (dont 2 portraits : J.-J. et Mme de War-
rens), pour l'édition Dalibon, en feuilles. (*Mouillures*).

Épreuves à l'eau-forte pure sur blanc, marges in-4. Quelques planches
de format gr. in-8.

350. **Rousseau** (J.-J.). Œuvres. Suite complète de 2 portraits
et 40 figures in-8 de Devéria. Édition Dalibon, 1847.

Épreuves avant la lettre sur papier de Chine, en feuilles, marges in-4.

351. **Rousseau** (J.-J.). Œuvres. Suite complète de 42 figures in-8 de Devéria, dont 2 portraits (Jean-Jacques et
Mme de Warens) pour l'édition Dalibon.

Belles épreuves avec la lettre sur Chine, en feuilles in-fol.

352. **Rousseau** (J.-J.). Œuvres. Suite complète de 42 figures in-8 de Devéria (dont 2 portraits). Édition Dalibon.

Épreuves avant la lettre sur papier de Chine, en feuilles, marges
in fol.

353. **Rousseau** (J.-J.). Œuvres. Suite complète de 2 portraits
(Jean-Jacques et Mme de Warens) et 40 figures in-8 de
Devéria, pour l'édition Dalibon.

Épreuves sur Chine avant la lettre, en feuilles in-fol. (Quelques figures
sont de format gr. in-8).

354. **Rousseau** (J.-J.). Œuvres. Suite de 1 portrait et 24
figures in-8 de Johannot et Devéria, pub. par Armand
Aubrée et Furne.

Épreuves sur Chine avec la lettre, en feuilles, marges gr. in-8.

355. **Rousseau** (J.-J.). Œuvres. Suite complète de 1 portrait
dess. et gr. par Leroux, et 18 figures in-8 de Desenne.
Edition Lefèvre, 1819-1822.

Épreuves avant la lettre.

356. **Rousseau** (J.-J). Œuvres. Suite complète de 1 portrait
et 14 figures in-8 de T. Johannot et Devéria, pub. par
Armand Aubrée.

Épreuves sur Chine avec la lettre, en feuilles, format in-4.

357. **Rousseau** (J.-J.). Œuvres. Réunion de 38 figures
d'après Moreau, Lebarbier et Cochin (dite Dupréel), en
feuilles, marges irrégulières.

358. **Rousseau** (J.-J.). Réunion de 1 frontispice et 9 figures
de Moreau le Jeune, pour illustrer la Nouvelle Héloïse et
les Confessions, en feuilles, pet. in-8.

359. **Rousseau** (J.-J.). Émile de 1 frontispice et 4 figures
in-4 de Cochin fils, 1780.

Belles épreuves, 2 planches sont doubles, avant le numéro, 7 pièces.

360. **Rousseau**. (J.-J.) Suite complète de 17 DESSINS
ORIGINAUX de CHAUVET à la plume et à la sanguine,
sur Chine monté, pour illustrer la Nouvelle Héloïse.

Cette charmante collection dont chaque pièce porte la signature auto-
graphe de CHAUVET, et que son format permet de joindre à toutes les édi-
tions in-12 ou in 8, n'a jamais été gravée.

361. **Rousseau**. (J.-J.). Suite de 1 frontispice et 11 figures
in-18, gravés par Lorieux d'après Moreau, pour illustrer
la *Nouvelle Héloïse*, en feuilles.

Épreuves avant la lettre, remargées de format gr. in-8.

362. **Saint-Augustin**. Confessions. Suite de 7 figures in-8,
dess. et grav. à l'eau-forte par Lalauze. *Paris, Hurtrel,*
1884.

Épreuves de graveur avec remarques, et avant toutes lettres sur Hollande.

363. **Saint-Pierre** (B. de). Œuvres. Suite de 1 portrait et

15 figures in-8 de Girodet, Lafitte, Moreau, Prudhon etc.,
pour l'édition de Méquignon-Marvis.

Belles épreuves sur blanc avant la lettre, en feuilles, in-8. Le portrait est en 2 états sur blanc et Chine avant la lettre, le « Passage du Torrent » existe par les deux graveurs, et 2 pièces sont doubles. Ens. 21 pièces.

364. **Saint-Pierre** (B. de). Paul et Virginie. Suite complète de 7 eaux-fortes, dess. et grav. par Edm. Hédouin. *Paris, Lemerre.*

Épreuves en 2 états avant la lettre sur Whatman et eaux-fortes sur Hollande, en feuilles marges in-4.

365. **Saint-Pierre**. (B. de). Paul et Virginie. Suite de 7 eaux-fortes dess. et grav. par Edm. Hédouin. *Paris, Lemerre,* in-12, en feuilles.

366. **Saint-Pierre** (B. de). Paul et Virginie. Suite de 7 portraits gravés sur acier d'après T. Johannot et Meissonier, et 1 carte coloriée, pub. par Furne, gr. en feuilles.

Épreuves sur Chine avec la lettre. Ancien tirage.

367. **Saint-Pierre** (B. de). Paul et Virginie. Suite complète de 1 portrait gravé par Wedgwood d'après Girodet-Trioson et 5 figures de Corbould.

Épreuves sur blanc avec la lettre, en feuilles, marges gr. in-8.

368. **Saint-Pierre** (B. de). Suite de 4 figures in-18, dess. et grav. à l'eau-forte par Foulquier pour illustrer Paul et Virginie.

Épreuves tirées sur papier de Chine, marges pet. in-4.

369. **Saint-Pierre** (B. de). Paul et Virginie. Suite de 4 figures in-18, dess. et grav. à l'eau-forte par Foulquier.

Épreuves tirées sur Chine avant la lettre, en feuilles, marges gr. in-8.

370. **Saint-Pierre** (B. de). Paul et Virginie. Suite de 1 portrait gravé par Wedgwood, d'après Girodet (sur Chine avant la lettre), 3 figures de Desenne et 1 non signée, sur blanc avant lettre et le portrait du Docteur gr. par Cook (sur Chine avant la lettre). Ens. 6 pièces en feuilles.

371. **Satyre Ménippée.** Suite complète de 9 figures in-8 de Devéria, pour l'édition Dalibon.

> Epreuves avec la lettre sur Chine, en feuilles à toutes marges.

372. *La même suite*, épreuves sur Chine, 3 avant la lettre et 6 avec la lettre, plus une eau-forte sur blanc, 10 pièces, en feuilles à toutes marges.

373. — *La même suite*, 6 figures, épreuves sur Chine avec la lettre, marges in-8.

374. **Scarron.** Le Roman comique. Suite de 1 portrait gravé par Le Mire et 15 figures in-8 de Le Barbier. Edition Janet, 1796.

> Epreuves avec la lettre, en feuilles in-8.

375. — *La même suite* (moins le portrait), en feuilles à toutes marges. On y a joint le portrait de Scarron, gravé par Bertonnier d'après Desenne.

376. **Scarron.** Le Roman comique. Suite de 12 eaux-fortes, in-18 dessinées par H. Pille, gravées par Monziès. *Paris, Lemerre.*

> Epreuves en 2 états sur Japon, *eaux-fortes pures et épreuves terminées* en feuilles, marges in-4.

377. — *La même suite*, épreuves en deux états, *eaux-fortes pures* sur Hollande et *épreuves terminées* sur Japon, en feuilles, marges in-4.

378.— *La même suite*, épreuves sur Japon avant la lettre, en feuilles, marges in-4.

379. — *La même suite*, épreuves sur Chine volant avant la lettre, en feuilles, marges in-4.

380. **Scarron.** Le Roman comique. Suite complète de 12 eaux-fortes dess. par H. Pille, grav. par Monziès. *Paris, Lemerre.*

> Epreuves terminées sur Japon avant la lettre, en feuilles, marges in-4

381. **Scarron.** Le Roman comique. Suite de 10 eaux-fortes

de L. Flameng, pub. par Jouaust. in-16, tirées in-8, en feuilles dans un carton.

Epreuves sur papier de Chine volant avant la lettre.

382. **Scarron.** Le Roman comique. Suite complète de 10 eaux-fortes de L. Flameng, pub par Jouaust, in-16 tirées in-8, en feuilles dans un carton.

Epreuves sur Hollande avant la lettre.

383. **Scott** (W.). Œuvres. Suite de 33 figures in-8, d'Alfred et Tony Johannot. Edition Furne, 1830.

Epreuves à l'eau-forte sur blanc, en feuilles in-4 (4 fig. sont de format gr. in 8). La figure pour *Charles-le-Téméraire* est sur Chine.

384. **Sévigné** (Mme de). Lettres. Suite complète de 25 portraits in-8 d'après Devéria. Edition Dalibon, 1823.

Epreuves en deux états *avant la lettre* et *eaux-fortes* sur blanc. Belles épreuves en feuilles, in-4.

385. **Swift** (J.). Voyages de Gulliver. Suite de 16 figures gr. in-8 d'après Gavarni. Edition Morizot.

Epreuves tirées sur papier de Chine avec la lettre, en feuilles, marges in-fol.

386. **Swift.** Voyages de Gulliver. Suite de 10 figures in-18 de Lefèvre, avec la légende en anglais.

Epreuves en feuilles à toutes marges

387. **Swift.** Voyages de Gulliver. Suite complète de 1 frontispice et 9 figures in-18 d'après Lefèvre.

Epreuves avec légende en anglais, en feuilles à toutes marges

388. **Swift.** Les Voyages de Gulliver. Suite complète de 9 figures dont 1 portrait, dess. et grav. à l'eau-forte par Lalauze, pub. par Jouaust, in-8, en feuilles dans un carton.

Epreuves sur Chine volant avant la lettre.

389. **Swift.** Les Voyages de Gulliver. Suite de 1 portrait et 8 figures dess. et grav. à l'eau-forte par Lalauze. Edition Jouaust.

Epreuves de tous les différents états et épreuves d'artiste, 39 pièces.

390. **Tasse**. La Jérusalem délivrée. Suite de 40 figures in-4 de Cochin, grav. par Dambrun, Delaunay, Delignon, Duclos, Lingée, Patas, Ponce, Prévost, A. de Saint-Aubin, Simonet, Trière et Varin, pour l'édition de Didot, 1785-86.

Bonnes épreuves du 2e état avec la lettre en italien, en feuilles marges in-4. On y a joint le portrait du Tasse par Moraine. in-4.

391. **Tasse**. La Jérusalem délivrée. Suite complète de 1 portrait gravé par Delvaux d'après Chasselat, et 20 figures par Lebarbier.

Épreuves avant la lettre avec les papiers de soie, en feuilles, marges gr. in-8.

392. **Tasse**. La Jerusalem délivrée. Suite complète de 1 portrait et 20 figures in-8 en travers, de Moina, grav. par V. Adam.

Épreuves sur Chine avant la lettre, avec le nom du graveur à la pointe, en feuilles, marges in-4.

393. **Tasso**. Aminta. Suite de 10 vignettes de Desenne, dont 5 en-tête. Édition Nepveu, 1813.

Épreuves avant toute lettre. Les 5 figures sont en 2 états en *noir* et *coloriées*, en feuilles à toutes marges.

394. — *La même suite* des 5 en-têtes et des 5 figures en noir, avant la lettre, en feuilles à toutes marges.

395. — *La même suite* des 5 figures en noir avant la lettre, en feuilles à toutes marges.

396. **Tessin** (Comte de). Suite complète de 1 frontispice et 9 figures in-4 de Boucher, grav. par Chedel, pour illustrer *Faunillane, ou l'Infante Jaune*, 1741, en feuilles à toutes marges.

397. **Thiers** (A.). Collection de 350 gravures, dessins de Philippoteaux, etc., pour l'Histoire du Consulat et de l'Empire. *Paris, Lheureux et Cie*, 1870, pet. in-4, en feuilles dans un carton.

Tiré à 200 exemplaires sur papier blanc.

398. **Thompson**. Les Saisons. Suite complète de 8 figures *tirées en couleurs* et non signées, pour une édition anglaise. *Londres*, 1801, en feuilles.

> Ravissantes figures montées de format gr. in-8. Les 4 en-têtes tirées à part avant le texte au verso.

399. **Thompson**. Les Saisons. Suite complète de 4 figures in-8 de Le Barbier. Edition Didot, 1796.

> Belles épreuves avant la lettre, en feuilles, marges gr. in-8

400. **Tressan**. Œuvres. Suite complète de 1 portrait et 12 figures in-8 de Colin. *Paris, Nepveu*, 1823.

> Epreuves en triple état, avant la lettre sur blanc et sur Chine, et eaux-fortes pures. Portrait de Tressan ajouté, gravé par Fittler d'après Borel, en 3 états, sur blanc avec lettre et avant la lettre sur Chine. Ensemble 42 pièces.

401. — *La même suite* épreuves sur papier vélin avant la lettre et eaux-fortes, en feuilles gr. in-8 et in-8.

> Manque 3 eaux-fortes : *Le Portrait-Angélique et Sacripant-Jaconde*. La figure avant la lettre de *Roland furieux battant des Bergers* est sur Chine.

402. — *La même suite*, 1 portrait et 20 figures doubles en 2 états sur Chine avant la lettre et eaux-fortes, en feuilles gr. in-8 et in-8.

403. **Tressan**. Suite complète de 4 figures in-18 d'après Moreau le jeune, pour l'Histoire du Petit Jehan de Saintré. Edition Didot, 1791.

> Epreuves avant la lettre (dont 1 avant toute lettre, 2 avec les noms à la pointe et 1 avec les noms gravés en feuilles.

404. **Vadé**. La Pipe cassée. Suite de 12 figures pet. in-8, dess. et grav. par E. Mesplès, pub. par Th. Belin.

> Epreuves avant la lettre sur papier du Japon, en feuilles dans un carton.

405. **Voisenon** (Abbé). Contes. Suite de 6 eaux-fortes, par Géry-Bichard. *Paris, Quantin*, 1880, in-8 en feuilles dans un carton.

> Epreuves en deux états, en noir avec la lettre et en sanguine avant la lettre, sur japon.

406. — *La même suite*, sur papier de Hollande avec la lettre.

407. **Voltaire** (Œuvres. Suite complète de 160 figures et portraits in-8, d'après Moreau le jeune et A. de Saint-Aubin, pub. par Renouard.

Épreuves avec la lettre à toutes marges.

408. **Voltaire**. (Œuvres. Suite 158 figures et portraits in-8 de Moreau le jeune et de Saint-Aubin, pub. par *Renouard*, en feuilles, marges in-8.

409. **Voltaire**. (Œuvres. Suite complète de 111 figures et portraits in-8 de Moreau le jeune. Édition de Kehl 1784-89.

En feuilles à toutes marges (Quelques figures sont de format in-8).

410. **Voltaire**. (Œuvres. Suite de 1 portrait et 100 figures in-8 de Chasselat.

Épreuves avec la lettre, en livraisons, couvertures.

411. **Voltaire**, (Œuvres. Suite complète de 80 figures in-8, dont 10 portraits en pied, dess. par Desenne, pour l'édition de Beuchot, en feuilles.

Épreuves à l'eau-forte pure sur blanc, à toutes marges.

412. — *La même suite*. Épreuves tirées sur Chine avant la lettre.

413. **Voltaire**. (Œuvres. Suite complète de 80 figures in-8, dont 10 portraits en pied, dessinés par Desenne, pour l'édition de Beuchot.

Épreuves avant la lettre sur blanc, en livraisons, couvertures.

414. **Voltaire**. (Œuvres. Suite de 80 figures et portraits in-8 d'après Alexandre Desenne, pour l'édition de Beuchot.

Belles épreuves avant la lettre sur papier de Chine, moins la figure du Dimanche, toute qui est avec la lettre, en feuilles, gr. in-8 (Manque le chant XIII de la Pucelle.)

415. **Voltaire**. Suite complète de 1 frontispice et 12 figures in-4, de Gravelot, pour l'édition de Genève, 1768.

Belles épreuves, grandes marges. La suite se compose de 1 frontispice et 10 figures pour la Henriade, et de 32 figures pour le Théâtre. On y a joint de la même collection les portraits de Voltaire et de Gravelot.

416. **Voltaire**. Suite complète de 15 figures in-12 (dont 1 portrait) d'après Devéria, pour illustrer les Chefs-d'œuvre dramatiques, dans la bibliothèque française, en feuilles.

Epreuves avant la lettre à toutes marges, gr. in-8.

417. **Voltaire**. La Henriade. Suite complète de 2 portraits (Voltaire et Henri IV) gravés par Cathelin, et 10 figures in-4 de Gravelot. Edition Cramer, 1768.

Belles épreuves en feuilles grandes marges.

418. **Voltaire**. La Henriade. Suite complète de 10 vignettes têtes de page d'Eisen, grav. par de Longueil. Edit. de Vve Duchesne, 1770.

Belles épreuves tirées hors texte et de format in-8, en feuilles à toutes marges, *Rare*.

419. **Voltaire**. La Henriade. Suite de 10 figures in-8 de Moreau le Jeune, grav. par Delvaux, Girardet, Ribault, Simonet et Trière.

Epreuves avec la lettre, en feuilles in-4.

420. **Voltaire**. La Henriade. Suite complète de 10 figures in-18, par Leprince, en feuilles.

Epreuves en 3 états, *eaux-fortes* sur blanc, *avant la lettre* sur Chine et sur blanc.

421. **Voltaire**. La Henriade. Suite complète de 10 figures in-18 de Leprince.

Epreuves sur blanc avant la lettre, en feuilles, marges gr. in-8.

422. **Voltaire**. La Henriade. Suite complète de 10 figures in-18 de Leprince, en feuilles.

Epreuves tirées sur papier de Chine avant la lettre.

423. **Voltaire**. La Henriade. Suite complète de 10 figures in-18, de Leprince.

Epreuves sur blanc avec la lettre, en feuilles, marges gr. in-8.

424. **Voltaire**. La Henriade. Suite complète de 10 figures in-18 de Leprince.

Epreuves à l'état d'eaux-fortes, en feuilles, marges in-8.

425. **Voltaire**. La Henriade. Suite de 4 figures in-18 de Desenne. Edition de la Bibliothèque française.

Épreuves en 2 états, *eaux-fortes* et *avant la lettre* avec les noms à la pointe, en feuilles, à toutes marges.

426. **Voltaire**. Suite de 53 figures in-8 de Moreau le Jeune, pour illustrer la *Pucelle*, les *Romans*, et les *Contes*. Edition Renouard.

Épreuves avec la lettre, en feuilles, marges in-8. (La figure du chant XVII de la Pucelle est avant la lettre).

427. **Voltaire**. La Pucelle d'Orléans. Suite complète de 3 portraits (Voltaire, Jeanne d'Arc et Charles VII) et 21 figures in-8, d'après Desenne. *Edition Beuchot*, en feuilles, marges gr. in-8.

Épreuves à l'état d'eaux-fortes.

428. **Voltaire**. La Pucelle. Suite de 2 portraits, Voltaire et Jeanne d'Arc, et 21 figures in-8 d'après Le Barbier, Marillier, Monnet et Monsiau.

Épreuves avec lettre sur Chine montées (Tirage moderne) en feuilles in-4.

429. **Voltaire**. La Pucelle. Suite complète de 2 portraits médaillons, de 1 frontispice et 21 vignettes, tête de page d'après Duplessis-Bertaux.

Épreuves sur papier de Chine volant, en feuilles marges gr. in-8.

430. **Voltaire**. La Pucelle d'Orléans. Suite de 1 portrait de Jeanne d'Arc, gravé par Delvaux et 21 figures in-8 de Moreau le Jeune gravées de Ghendt, Girardet, Godefroy, Nicollet, Simonet, Thomas, Trière et Villeroy.

Épreuves avant la lettre, en feuilles, marges gr. in-8.
Les figures des Chants 3, 5, 7, 13, 15, 16, 18 et 19, sont remargées.

431. **Voltaire**. Romans et Contes. Suite complète de 33 figures in-8 d'après Moreau le Jeune, pub. par Renouard.

Belles épreuves, en feuilles, format in-4.

432. — Suites de Vignettes, portraits, etc. non catalogués.

Arras.— Imp Vve Schoutheer-Dubois, rue des Trois-Visages, 53.